Être plus

Pierre Teilhard de Chardin

Être plus

Directives extraites des Écrits
publiés ou inédits du Père,
de sa correspondance
et de ses notes

Éditions du Seuil

ISBN 978-2-02-025815-9
(ISBN 2-02-002891-3, 1re publication)

Ce que l'Homme attend en ce moment, et ce qu'il mourrait de ne pas trouver dans les choses c'est un *aliment complet* pour nourrir en lui la passion du plus-être. (*L'Activation de l'Énergie* (Le Seuil), *Réflexions sur la probabilité scientifique et les conséquences religieuses d'un ultra-humain*, 25 mars 1951, p. 290.)

Si j'ai acquis une conviction, ces derniers temps, c'est que, dans les rapports avec autrui, on ne saurait jamais être trop bon et trop doux dans les formes; la douceur est la première des forces, et la première peut-être des vertus, parmi celles qui se voient.

Et plus que jamais, je crois que la vie est belle dans les pires circonstances — quand on y regarde Dieu, qui y est toujours... Je te demande seulement, une fois encore, de joindre ton « effort pour vivre » au mien, pour que l'un supportant l'autre, nous agissions plus efficacement au service de Notre-Seigneur.

Pourquoi nous étonner que la sauvegarde de l'éducation chrétienne (même sous des formes peut-être imparfaites) s'obtienne *au prix* de certaines existences, dont peut-être la tienne ? Si tu es, en quelque chose de toi-même, « blessée » ou « tuée » pour que triomphe enfin le droit des hommes à modeler l'âme de leurs enfants dans le Christ et dans la liberté, — si tu es blessée, même par ricochet ou par une balle perdue, dans ce grand combat-là, pourquoi t'en attrister [1] ?

1. *Genèse d'une Pensée* (Grasset), 28 mai 1915, p. 67, 68, 69.

Petit à petit, tes idées mûrissent, laisse-les croître, se former, sans précipitation. N'essaie pas de les « forcer », comme si tu pouvais être aujourd'hui telle que le temps (c'est-à-dire la grâce et les circonstances agissant sur ta bonne volonté) te fera demain. Cet esprit nouveau, qui se dessine en toi petit à petit, Dieu seul pourrait dire quel il sera. Fais à Notre-Seigneur le crédit de penser que sa main te mène bien, à travers l'obscurité et le « devenir », — et accepte, par amour pour Lui, l'anxiété de te sentir en suspens, et comme inachevée. (...) *Toutes* les formes d'existence peuvent être saintes, et pour chacun la forme idéale est celle où Notre-Seigneur l'achemine par le développement naturel des goûts et par la pression des circonstances.

Tu veux te sentir davantage en équilibre, au milieu des mille heurts de la vie libre : applique-toi à augmenter ton élan personnel, ta poussée vers le bien à réaliser autour de toi. Quand ta « force vive » morale sera ainsi accrue, les souffles discordants, qui te feraient osciller et hésiter au *repos*, ne te feront qu'à peine dévier, parce que tu seras *en mouvement*.

Le plus grand sacrifice que nous puissions faire, la plus grande victoire que nous puissions remporter sur nous-mêmes, c'est de surmonter l'inertie, la tendance au moindre effort.

Tu pleures d'envie en voyant ceux qui mettent de l'éternité dans leur vie. Mais ta vie en est pleine, je te l'assure. — L'éternité entre dans notre existence consciente du jour où nous « mettons le cap » sur Dieu.

Bienheureux ceux qui souffrent de ne pas voir l'Église aussi belle qu'ils le voudraient, et qui n'en sont que plus soumis et plus suppliants. C'eﬆ une peine profonde, mais de haute valeur surnaturelle. On ne le redira jamais assez : le catholique eﬆ celui qui eﬆ sûr de l'existence de Jésus-Chriﬆ-Dieu à raison de certains motifs, et *malgré* beaucoup de scandales. — Pourquoi faut-il que trop d'esprits ne voient que les scandales et attendent de les réduire pour aborder les motifs [1] !

Quand on la fixe bien dans les yeux, la Nature, sans paraître toujours aussi inexorable et cruelle qu'elle se montre à Taine ou à Vigny, laisse deviner en elle un presque angoissant effort vers la lumière et la conscience.

Ainsi l'a très bien vue le grand Bergson; ainsi se révèle-t-elle à nous (comme à saint Auguﬆin), non pas divine et adorable, mais humble et priante. « Non, je ne suis pas ton Dieu. » — Voilà ce que je me dis, en ce moment, quand je regarde la mer. Voilà ce que je te souhaite de lire dans les profils de tes pays et dans l'élancement de tes grands sapins. « *Natura ingemiscit et parturit...* » dit à peu près saint Paul [2]. Quand tu souffres et travailles, tu ne fais que joindre ton petit effort à Celui qui eﬆ l'âme de toute la Création. — Si tu comprends ce langage des âmes qui montent vers le ciel, tu reviendras, plus forte, à ton devoir et à tes soucis de Direﬆrice.

1. *Genèse d'une Pensée* (Grasset), 4 juillet 1915, p. 70, 70-71, 71, 72.

2. La nature gémit et souffre les douleurs de l'enfantement (Ro. VIII, 22).

La charité, pour être inépuisablement sereine et aimante, doit avoir fait le sacrifice de toute rétribution cherchée dans la gratitude et affection des hommes [1].

Ne t'inquiète pas de la valeur de ta vie, de ses anomalies, de ses déceptions, de son avenir plus ou moins obscur et sombre. Tu fais ce que Dieu veut. Tu lui offres, au milieu de tes inquiétudes et de tes insatisfactions, le sacrifice d'une âme humiliée, qui s'incline, malgré tout, devant une Providence austère. Tu es privée même de la joie de sentir que tu es résignée, que tu acceptes, que tu aimes, et cependant tu veux te résigner, te montrer fidèle. N'aie pas peur; tout ce labeur t'est compté et remplit magnifiquement tes heures. Peu importe que d'autres fassent plus de bien que toi, et à moins de frais : l'essentiel n'est pas de faire du bien, mais de tenir la place, même inférieure, voulue par Dieu. — Peu importe que, dans l'intime de toi-même, tu sentes, comme un poids naturel, la tendance à te replier sur tes tristesses et tes défauts : nous avons bien d'autres pesanteurs « naturelles » en nous, celles qui ont pour nom jouissance, égoïsme, moindre effort; la *vérité* ne consiste-t-elle pas cependant à s'en libérer, en dépit de l'attitude *forcée* que cette tentation nous impose ? — Peu importe que, humainement, tu te trouves « ratée », si Dieu, Lui, te trouve réussie, à son goût. Je sais que c'est ce dernier point que tu contestes. Tu ne veux pas admettre que la souffrance te sanctifie, toi. Crois-en humblement ce que te disent les promesses de Notre-Seigneur, l'exemple des Saints, les affirmations

1. *Genèse d'une Pensée* (Grasset), 5-6 août 1915, p. 76, 77.

de ceux qui te parlent au nom de Dieu. Petit à petit, Notre-Seigneur te conquiert et te prend pour Lui. Sans doute, la paix du cœur, sa dilatation au milieu de chaudes et reconnaissantes affections, est plus harmonieuse, plus normale, plus propre à l'action facile, que l'isolement et les brisures. (Ainsi en est-il de la santé relativement à la maladie...) Voilà pourquoi nous devons tendre, par nos efforts personnels, à nous assurer des appuis dans de bonnes et solides amitiés, à nous garder des infirmités du corps et de l'âme... Mais si Dieu intervient pour nous *sevrer* le cœur, pour détourner par force, sur Lui seul, l'appétit de bonheur et d'amour réciproque qu'Il a excité en nous pendant d'heureuses années de jeunesse, — alors, il ne faut pas s'en plaindre. N'en veux pas à Notre-Seigneur s'Il désire faire de toi plus que ce que tu appelles « une simple chrétienne ». Parce que ton action doit porter loin, elle doit émaner d'un cœur qui a souffert : c'est la loi, douce en somme... Je t'en prie, quand tu te sentiras triste, paralysée, *adore* et confie-toi. Adore, en offrant à Dieu ton existence qui te paraît abîmée par les circonstances : quel hommage plus beau que ce renoncement amoureux à ce qu'on *aurait pu être !*... Confie-toi, perds-toi aveuglément dans la confiance en Notre-Seigneur, qui veut te rendre digne de Lui, et y arrivera, même si tu restes dans le noir jusqu'au bout, pourvu que tu tiennes sa main, toujours, d'autant plus serrée que tu es plus déçue, plus attristée [1].

1. *Genèse d'une Pensée* (Grasset), 22 août 1915, p. 82-84.

Cette confiance en un Dieu qui, par des voies obscures et laborieuses, te ramène victorieusement à son centre divin — plus belle et réussie, chaque jour, à son regard, — je crois que tu la trouveras dans *une union* toujours plus grande avec Notre-Seigneur, cherché avec foi et persévérance dans l'Eucharistie, entrevu et aimé dans sa Volonté qui passe, humblement prié pour que sa main se pose sur tes yeux et que son bras t'attire. — Pourquoi tant tenir à toi, dis, au point de te décourager si tu ne te trouves pas développée, favorisée, utilisée, autant que tu le voudrais ? Qu'est donc notre succès individuel auprès du bon plaisir divin ? Et puis, quelles ambitions sont les nôtres ? Être vus, faire autour de nous quelque bruit, créer dans notre petite sphère d'action une agitation appréciable... Est-ce bien là vraiment ce qui mesure la valeur d'une vie ? Ou plutôt ne savons-nous pas que le prix réel de notre existence s'appréciera, finalement, au *degré de fidélité* et d'obéissance que nous aurons déployé en subordination à la volonté divine, *quelle qu'ait* été du reste la besogne brillante ou humble à laquelle nous aurons servi ? Sois heureuse fondamentalement, je te le dis. Sois en paix. Sois inlassablement douce. Ne t' « étonne » de rien, ni de ta fatigue physique, ni de tes faiblesses morales. Fais naître et garde toujours sur ton visage le « *sourire* », reflet de celui de Notre-Seigneur qui veut agir par toi, et, pour cela, se substituer toujours plus à toi [1].

Un autre univers, avec moins de mal, serait qualifié par nous de « meilleur », parce que nous raisonnons

1. *Genèse d'une Pensée* (Grasset), 20 septembre 1915, p. 86-87.

comme des douillets, que l'effort épouvante. Serait-il un milieu apte à faire germer les saintetés qui naissent près de la Croix[1] ?

Plus tu te sentiras petite, plus tu adoreras bien, parce que tu parleras plus du fond du cœur; et plus tu adoreras bien, plus Dieu entrera dans tes imperfections et se servira de toi, tout médiocre que tu sois, pour faire rayonner beaucoup de bien. — Tu t'inquiètes de voir, autour de toi, les vertus grandir, et toi demeurer stationnaire. Humilie-toi, prie, demande... Mais ne te *trouble pas !* L'essentiel n'est pas que ce soit *moi* l'âme la plus sainte, la plus aimée, la plus privilégiée. Tant mieux si Notre-Seigneur est aimé beaucoup autour de moi (tu as la consolation de pouvoir ajouter « et, un peu, à cause de moi, qui ai gardé ces âmes dans une atmosphère active et religieuse »...); mon seul idéal est d'être le serviteur, la servante, à qui le Maître donne, dans son Cœur, la place qu'il veut, et qui ne désire que ceci : être fidèle. — Au fond de ton âme, place avant tout, immuable, comme base de toute ton activité, comme critère de la valeur et de la vérité des pensées qui t'envahissent, la Paix de Dieu. Tout ce qui te rétrécit et t'agite est faux, — au nom des Lois de la Vie, au nom des promesses de Dieu[2].

1. *Genèse d'une Pensée* (Grasset), 7 octobre 1915, p. 92.
2. *Ibid.*, 7 novembre 1915, p. 99.

Tu ne saurais croire combien, lorsque j'arrive à me reprendre un petit peu pour penser et prier (ainsi que cela m'eſt arrivé, la dernière quinzaine, à Hersin), je m'aperçois de la lumière grandissante de cette vérité, simple mais indéfiniment riche et utilisable : Dieu eſt tout. En nous orientant de plus en plus intégralement et loyalement vers Lui, en tendant vers Lui de toutes nos forces, nous épuisons sans déchet toutes les énergies utiles de notre être; — nous nous rapprochons sans erreur et sans danger de perte de ceux que nous aimons; — nous nous rendons aptes à faire du bien autour de nous, à rayonner la paix et le bien... Par un seul acte, par une seule attitude, nous réalisons toute la complexité de nos aspirations et de nos devoirs. N'eſt-ce pas que cela eſt vrai, et qu'il eſt bon de se vouer à la bénie unité de Dieu, où tout et tous sont atteints, sans risques et sans retour [1] ?

Il eſt certaines façons de « faire mieux » que Dieu ne nous découvre que petit à petit, parce que dès l'abord, nous ne les aurions pas comprises. — Il me semble que pour toi le moment eſt venu de mettre résolument l'action de Notre-Seigneur au centre de ton influence, — de compter avant tout, pour le succès profond de ton œuvre, sur ton degré d'union avec la présence et la volonté du Maître [2].

1. *Genèse d'une Pensée* (Grasset), 24 décembre 1915, p. 105.
2. *Ibid.*, 8 janvier 1916, p. 108.

Que ne devons-nous pas être capables de fa[ire et] d'abandonner, si nous croyons en Jésus-Christ [1] ?

Plus que jamais les hommes souffrent et accumulent la matière d'un ineffable sacrifice. Pourquoi faut-il qu'il manque à leur peine l'élément d'adoration et d'offrande par où s'explique et se transfigure le travail si lourd de coopérer à la Vie! (...) L'attitude qui nous met pleinement dans la vérité, c'est bien celle de la Présentation, par où nous nous exposons humblement au rayonnement de l'Être infini, avec l'ardent désir qu'Il nous pénètre et nous transforme en Soi [2].

Comme si la meilleure attitude du serviteur attendant le Maître n'était pas la dévotion au premier de ses devoirs humains : y voir clair en soi et autour de soi ?

Comment être aussi chrétien que pas un, tout en étant homme plus que personne ?

En plus de la communion avec Dieu et de la communion avec la Terre, y a-t-il la communion avec Dieu par la Terre, — celle-ci devenant comme une grande Hostie où Dieu se tiendrait pour nous [3] ?...

1. *Genèse d'une Pensée* (Grasset), 22 janvier 1916, p. 115.
2. *Ibid.*, 2 février 1916, p. 116, 117.
3. Au Père Victor Fontoynont, 15 mars 1916. *La Pensée religieuse du Père Teilhard de Chardin*, Henri de Lubac, s. j. (Aubier), p. 349, 350.

faut, s'il veut s'égaler à lui-même, que l'homme s'éveille conscience de ses infinis prolongements, *à leurs* *rs, à leur ivresse. Il faut que (rejetant toutes les illusions* *individualisme étroit), il élargisse son cœur à la mesure de* *nivers.*

Il existe un plus-être, un mieux-être *absolus* qui se omment progrès dans la conscience, la liberté, et la moralité; et ces degrés supérieurs d'existence se gravissent par la concentration, l'épuration, le plus grand effort.

Pour grandir dans la vérité, il faut cheminer le dos tourné à la Matière et non travailler à la rejoindre pour se fondre en elle.

A la manière des corps en mouvement, le Monde ne tient que par son élan et son jaillissement. Si en lui la multitude des monades arrêtait la fermentation de leurs activités, de leur industrie, de leurs recherches naturelles, il tomberait comme un avion dont le moteur ne tourne plus. Chrétiens, nous nous demandons parfois, avec inquiétude, à quoi bon nos stations prolongées dans les laboratoires, nos infinis creusements de tout ce qui recèle un mystère... Rassurons-nous. Nous nous épuisons *au moins à soutenir la Terre* jusqu'à ce que le Corps du Christ soit consommé.

Déjà, sur quelques éléments psychiques particulièrement anciens, tels que l'amour réciproque de l'homme et de la femme, nous pouvons mesurer quelle ampleur, quel enrichissement, quelle complexité, quelle pureté le travail du temps est parvenu à donner au noyau primitif d'un sentiment tout imprégné de sensation brutale... Qui sait *quelles étonnantes espèces et nuances naturelles* d'âme le persévérant effort de la Science, de la Morale, de la Sociale, sont en voie de faire naître, sans lesquelles la beauté et la perfection du Corps mystique ne seraient point achevées ?...

Pourquoi le *souci du Progrès* et le *culte de la Terre,* si on leur fixe comme terme l'achèvement du Christ, ne se mueraient-ils pas, semblablement, en une *grande Vertu,* innommée, qui serait *la forme la plus générale de l'amour de Dieu, trouvé et servi dans la Création ?*

Parmi les travailleurs de la plus grande Terre, le chrétien a donc en vertu de sa foi le droit de revendiquer une place; et l'âme qu'il apportera à cette tâche sera toute brûlante de la flamme des Conquérants. Pour lui aussi, le renoncé, le détaché, l'humilié, il y a un intérêt vital, *c'est une question de vie ou de mort,* que le Monde réussisse dans son entreprise, même temporelle. Dans la nature, il n'y a qu'un instant, le croyant voyait surtout les bras de Dieu qui enveloppent, ses Mains créatrices qui pétrissent... Mêlant maintenant à l'esprit d'abandon l'esprit de domination, pour obéir il devient athlète; et contre la Matière devant laquelle secrètement son cœur s'agenouille, il entreprend le duel qui doit se prolonger jusqu'à la consommation des temps — *la lutte sincère de Jacob contre une étreinte adorée.*

Le Monde, l'assujettissement au monde, le devoir de servir le Monde, sont lourds à porter, comme une croix; et c'est *pour nous forcer à le croire* que Jésus a voulu, dominant tous les chemins de la Terre, se dresser en forme de Crucifix, symbole où chaque homme eût à reconnaître sa propre et véridique image.

Nous voudrions pouvoir en douter, espérer que la douleur et la méchanceté sont des conditions transitoires de la Vie que la Science et la Civilisation élimineront un jour... Soyons plus vrais et ayons le courage de regarder l'existence en face. Plus l'Humanité se raffine et se complique, plus les chances de désordre se multiplient et leur gravité s'accentue; car on n'élève pas de montagne sans creuser des abîmes, et toute énergie est également puissante pour le bien et pour le mal. Tout ce qui *devient* souffre ou pèche. La vérité sur notre attitude en ce monde, c'est que *nous y sommes en croix*.

Or le Christ n'a pas voulu que son image douloureuse fût un simple avertissement dressé, pour jamais, sur le Monde. Au Calvaire, Il est encore, et surtout, *le centre de confluence et d'apaisement* de toutes les souffrances terrestres. Nous avons bien peu de données sur la façon dont Notre-Seigneur *éprouve* son corps mystique, pour en jouir. Mais nous entrevoyons un peu comment Il peut en recueillir les peines; et c'est même la seule façon d'apprécier l'immensité de son Agonie que d'y reconnaître une angoisse, écho de toutes les angoisses, *une souffrance « cosmique »*. Au cours de sa Passion, Jésus a senti porter sur son âme, seule et broyée, le poids de toutes les douleurs humaines; en une prodigieuse et ineffable synthèse. Il les a toutes adoptées, ressenties...

Et, en les admettant dans le domaine de sa conscience, Il les a transfigurées.

La douleur, le chrétien la sent comme les autres. Comme les autres, il doit s'efforcer de la diminuer et de l'adoucir, non seulement par des prières suppliantes, mais par les efforts d'une Science industrieuse et sûre d'elle-même. Mais, l'heure venue où elle s'impose, il l'utilise.

Par une merveilleuse compensation, le mal physique, humblement supporté, consume le mal moral. Suivant des lois psychologiques définissables, il épure l'âme, l'aiguillonne et la détache. Enfin, à la manière d'un sacrement, il opère une mystérieuse union du fidèle au Christ souffrant.

Abordée dans une disposition de doux abandonnement, puis avec un esprit de conquête, la poursuite du Christ dans le Monde finit donc, logiquement, sur un passionné et douloureux embrassement entre les bras de la Croix. Enthousiaste et sincère, l'âme s'était offerte et livrée à tous les grands souffles de la Nature. Au terme de ses expériences et de la longue maturation de ses vues, elle aperçoit que nul travail n'est plus efficace et apaisant que de recueillir, pour la consoler et l'offrir à Dieu, la Peine du Monde; nulle attitude plus dilatante pour elle que de s'ouvrir, largement et tendrement — avec et dans le Christ —, *à la sympathie pour toute Douleur,* à « *la Compassion cosmique* » [1].

Plus que jamais c'est le moment de s'ancrer dans la conviction que seule la plus grande gloire de Dieu sortant de tout ce chaos importe, — et dans la foi, aussi, que cette plus grande gloire fait plier à soi les événements, et sait en extraire toute la moelle et la sève de bien durable [2].

1. *Écrits du temps de la guerre* (Grasset), *La Vie cosmique,* 24 mars 1916, p. 7, 23, 52-53, 54, 56, 57.
2. *Genèse d'une Pensée* (Grasset), 29 juin 1916, p. 137.

N'eſt-ce pas qu'elles sont précieuses et douces, les lumières qui, de temps à autre, nous font voir et vraiment assimiler quelqu'une de ces vérités fondamentales, répétées par toutes les bouches, mais si lentes à pénétrer jusqu'au cœur ? As-tu essayé, quand elles te viennent, de les fixer par écrit ? Petit à petit, se dessine ainsi la physionomie que Notre-Seigneur cherche à donner à notre âme. Par le petit effort de la rédaction, la lumière entrevue se précise, se concentre, sous une forme que nous ne saurions peut-être pas lui donner plus tard; elle amorce des prolongements d'elle-même; — dans les moments plus sombres, on se raccroche aux paroles où se sont exprimées les pensées de joie et de clarté [1].

Il faut bien nous décider un jour, n'eſt-ce pas, à mettre pratiquement au-dessus de toute joie et de tout intérêt le charme auſtère d'adhérer au Vouloir divin, et à nous y complaire par amour pour le bon plaisir lui-même de Dieu [2].

Il n'y a pas à dire : plus on renonce à se préoccuper trop de soi, plus on fait passer les autres avant soi, plus on est doux et bon, — plus on est heureux et puissant sur les autres. Il faudrait savoir toujours sourire [3].

1. *Genèse d'une Pensée* (Grasset), 10 juillet 1916, p. 139.
2. Au Père Victor Fontoynont, 22 juillet 1916. *La Pensée religieuse du Père Teilhard de Chardin*, Henri de Lubac, s.j. (Aubier), p. 351.
3. *Genèse d'une Pensée* (Grasset), 22 juillet 1916, p. 144.

Ne penses-tu pas que c'est une question de loyauté et de « conscience », de travailler à extraire du Monde, tout ce que le Monde peut contenir de vérité et d'énergie ? *Rien ne DOIT rester « intenté »* dans la direction du plus-être [1].

On est souvent fatigué de soi, et on voudrait recommencer un travail « à neuf ». Voilà une servitude de plus, par où se manifeste en nous la Main créatrice de Dieu, — et qu'il faut accepter en esprit d'adoration, — sans oublier que le fond le plus sacré et le plus vivant de notre âme (sinon le cours de notre vie et l'enchaînement des habitudes) peut être en un instant renouvelé et rajeuni par la grâce ! — Tu as raison de résister à la tendance, bien amèrement douce, de t'attendrir sur ton passé. Je connais bien cette pente... Oppose-lui la vigoureuse conviction que le bonheur et la Vie sont en avant, en Dieu [2].

Je me suis dit que le labeur humain, sous toutes ses formes, doit être essentiellement tenace, patient, doux, — et que c'est à force de réparer sans murmure les désordres et les accrocs, qu'un Ordre nouveau, sans doute, s'élabore et se fraie péniblement une place au monde.

Il me semble que c'est une obligation fondamentale, pour l'homme, de tirer de soi et de la terre tout ce qu'elle peut donner; et cette obligation est d'autant plus pressante

1. *Genèse d'une Pensée* (Grasset), 4 août 1916, p. 148.
2. *Ibid.*, 29 août 1916, p. 155.

que nous ignorons absolument quelles limites, peut-être très éloignées encore, Dieu a posées à notre connaissance et à notre puissance naturelles. Grandir et se réaliser le plus possible, telle est la loi immanente à l'être. En nous ouvrant des aperçus sur une Vie plus divine, je ne puis croire que Dieu nous ait dispensé de poursuivre, même dans son plan naturel, l'œuvre de la Création. Il me semble que ce serait « Le tenter » que de laisser le Monde aller son train, sans essayer de mieux le dominer et de mieux le comprendre. Il faut s'efforcer de diminuer la mort et la souffrance. Il faut, par une critique plus approfondie de la vérité, faire progresser, dans son sens, le dogme révélé. J'oserais presque dire que la foi religieuse n'est légitime que dans une Humanité qui fait constamment une telle pesée sur l'Inconnu que toute autre Divinité que Notre-Seigneur adoré apparaîtrait, si, par impossible, Elle se dissimulait encore... Ce serait une telle objection à la vérité de l'Église de pouvoir lui jeter à la figure qu'elle fait des paresseux !...

Écouter, dans le silence, Notre-Seigneur dont un mot vaut plus que toute la diffusion du langage humain [1].

Et Dieu, du reste, peut-il laisser se séparer de Lui ceux qui tâchent d'être « pionniers » sans orgueil ni ambition personnels, par amour de l'Église et de la Vérité, avec absolue confiance en Lui et préférence pour sa divine Volonté ?... — Prions l'un pour l'autre, n'est-ce pas,

1. *Genèse d'une Pensée* (Grasset), 8 septembre 1916, p. 157-158, 161-162.

afin que le Seigneur nous garde également humbles et hardis, suprêmement unis surtout à Sa Divinité, source de toute activité vraiment féconde [1].

Religion et Évolution ne doivent être ni confondues, ni séparées : elles sont destinées à former un même organisme continu, où leurs vies respectives se prolongent, se subordonnent, s'achèvent réciproquement, sans s'identifier ni se détruire, l'une présentant un Idéal infini et des règles immuables, l'autre fournissant un foyer d'activité et une étoffe nécessaires aux changements des êtres en croissance. Puisque à notre âge la dualité s'est montrée manifeste, c'est à nous de la synthétiser !

Non, le Progrès humain ne saurait, à cause de son indiscutable et légitime autonomie, être suspecté comme une Force dangereuse (toute force n'est-elle pas dangereuse ?), ou régulièrement condamné comme une manifestation et un aiguillon du Mal. Il a sa place essentielle dans les desseins de la Providence. Ne vient-il pas à nous ailé et nimbé à la manière d'un ange, lui, humble frère de la Révélation, et, avec elle, messager destiné à guider notre avance sur la route de la Vie ?...

Quel sera donc, enfin, le *chrétien idéal,* le chrétien à la fois nouveau et ancien, qui RÉSOUDRA EN SON AME LE PROBLÈME DE L'ÉQUILIBRE VITAL, en faisant passer TOUTE LA SÈVE DU MONDE dans SON EFFORT VERS LA DIVINE TRINITÉ ?...

C'est celui qui aura compris que, pour être suprême-

1. *Genèse d'une Pensée* (Grasset), 18 septembre 1916, p. 163.

ment l'enfant de Dieu, pour accomplir la totalité de sa Volonté sainte, il doit se montrer, plus qu'aucun serviteur de Mammon, assidu au Travail de la Terre. Pour certains fidèles, sans doute, ce travail consistera à spiritualiser le cœur et l'esprit des hommes par le spectacle d'une vie parfaitement chaste et « immobilement » contemplative. Ceux-ci représenteront, *à l'état pur*, pourrait-on dire, *la composante chrétienne :* mais outre qu'ils *se sépareront* du Monde *dans un but social* et « *cosmique* », il reste que leur vocation sera exceptionnelle. Pour les autres, le plus grand nombre, eussent-ils même voué leur existence à la pratique des conseils évangéliques, la tâche sacrée d'alimenter la vie naturelle comptera parmi les facteurs les plus immédiats et les plus efficaces de la sainteté.

L'ouvrier sincère et croyant du Progrès est, en effet, *un grand et perpétuel renoncé*. Il travaille; il s'oublie; il se détache, même, car il aime les causes plus que lui-même, et il cherche le succès de la vie bien plus que sa réussite égoïste et personnelle.

Le *triomphe* viendra de Dieu, sous sa forme providentielle, à son heure, *par surcroît*. Car l'ouvrier confiant en Dieu sait qu'aucune tentative, aucune aspiration, faite en la Grâce, ne se perdent; mais qu'elles atteignent leur but en passant par le Centre vivant de toute activité utile.

Que jamais plus, de grâce, on ne puisse dire de la Religion que son influence a rendu les hommes plus paresseux, plus timides, *moins humains !* Que jamais plus son attitude ne laisse prise à ce soupçon, mortel, qu'elle tend à remplacer la Science par la Théologie, l'effort par la prière, la lutte par la résignation, et que ses dogmes risquent de déflorer l'intérêt du Monde en limitant d'avance l'horizon des recherches et la sphère des Énergies[1] !

En toute hypothèse, je vais tâcher de m'engager dans cette nouvelle passe comme au sein d'un vaste et bienveillant courant de volonté divine, qui me portera et m'affectera là et comme il lui plaira. Le seul essentiel n'est-il pas d'adhérer à l'action Divine, atteinte partout, et d'autant plus adorable que notre destinée se trouve plus enlevée à notre prévision et à notre contrôle ?... J'aime à penser que, ces jours durant, tu seras de ton côté également souple et confiante en Dieu, non seulement en ce qui me concerne (ce serait vraiment trop peu) mais pour toutes choses[2].

En même temps que Notre-Seigneur avait *des amis de cœur*, il montrait *une prédilection* certaine pour les malades et les pécheurs... Il me semble que ces deux sortes de prédilections ont chacune leur fonction spéciale. La première *achève* l'âme en l'associant à d'autres âmes qui lui sont destinées; — la seconde marque un effort de l'âme (complétée et fortifiée par de saintes amitiés) pour faire rayonner Dieu. — C'est toujours la même conclusion qui se dégage : le Règne de Dieu utilise *tout*, le succès *et* la

1. *Écrits du temps de la guerre* (Grasset), *La maîtrise du monde et le règne de Dieu*, 20 septembre 1916, p. 80, 81, 82, 82-83.
2. *Genèse d'une Pensée* (Grasset), 13 octobre 1916, p. 168.

souffrance, les sympathies *et* les répugnances. Il triomphe surtout dans celles-ci, mais il s'appuie également sur celles-là [1].

Ce calme et cette clarté, remarque-le bien, sont la *vérité*. Dans quelque temps peut-être, ils se troubleront ou se voileront plus ou moins : alors, ne pense pas avoir été dans l'illusion, ou devoir changer les vues que tu avais adoptées dans la paix de ton esprit. C'est le trouble et l'inquiétude (au moins dans le cas des âmes de bonne volonté) qui sont *l'anormal, le moins vrai.* Ainsi parle Saint Ignace, dans ses *Exercices :* et c'est une vérité très précieuse pour nous aider à nous déchiffrer et à nous juger nous-mêmes.

Il faut utiliser précieusement et accueillir avec reconnaissance les amitiés que Notre Seigneur met sur notre chemin, soit en nouant avec elles un *nouveau principe* d'action et de renoncement chrétiens, soit en les faisant servir à sanctifier plus efficacement certaines âmes, grâce à la communauté de vues, de goûts, d'action qui nous « destine » providentiellement (comme tu le dis très bien), à ceux-ci plutôt qu'à ceux-là. Et puis, en même temps, il faut prouver aux autres et à nous-mêmes que la sève de notre puissance d'aimer n'a pas ses racines dans l'égoïsme, mais vient de Dieu et va à Dieu : voilà pourquoi il y a lieu d'aimer les moins aimables, eux aussi, — par « offensive » spirituelle contre la jouissance inerte d'abord, — par besoin aussi de montrer à Notre-Seigneur, bien claire-

1. *Genèse d'une Pensée* (Grasset), 15 octobre 1916, p. 170.

ment, que nous l'aimons par-delà toutes les choses agréables du monde. Cette affection témoignée à des êtres peu attirants ou rebutants, mis sur notre chemin comme une « vocation » eux aussi, est, l'expérience le prouve, très possible, très humaine, très sincère. Elle est le sel de toutes nos autres affections, et par elle, beaucoup plus peut-être que par tous nos efforts de pensée et d'action, nous rendons le Monde meilleur et plus heureux [1].

Fondamentalement, j'éprouve, avec une intensité renouvelée, l'intense joie et désir d'adhérer à Dieu à travers tout. Plus clairement que jamais, le grand et triple effort naturel du monde (effort de domination du réel, effort d'organisation sociale, effort d'endurance dans la douleur) me paraît être la sève à sanctifier, — celle qui, surnaturalisée, doit faire croître le royaume de Dieu. C'est là la moelle sacrée de l'Univers, l'Effort Humain. C'est là qu'il faut frapper. — Ne penses-tu pas qu'au lieu de travailler directement sur les âmes, il y aurait avantage, souvent, à s'attacher ainsi à transformer *leur milieu,* c'est-à-dire à faire prévaloir, à vulgariser, certains points de vue, certains courants d'idées, qui captiveraient et entraîneraient vers Dieu, sans qu'il y ait besoin de les y pousser extérieurement et autrement, tous ceux qui y participeraient ? Prêcher avant tout l'effort, la sanctification de l'effort, n'est-ce pas, immanquablement, faire désirer et faire régner le Christ, tout en parlant le plus noble et le plus cher langage humain ? Évidemment, il y a effort et effort... Mais sur le sens du *bon* effort, qui est victoire sur

1. *Genèse d'une Pensée* (Grasset), 20 octobre 1916, p. 172, 172-173.

l'égoïsme et libération de la mauvaise matière, il ne peut y avoir une discussion sérieuse... Pour celui, en tout cas, qui a compris que l'infinie Réalité divine est appréhendée [appréhensible] au terme de tout labeur de conquête, de toute charité sociale, de toute souffrance endurée, quelle solidité, quelle consistance, quel intérêt ne prend pas toute Vie [1]!...

Par la mort, nous ne rentrons pas dans le grand Courant des choses, suivant la béatitude panthéiste. Mais cependant nous sommes repris, envahis, dominés par la puissance divine, — incluse dans les forces de désorganisation intime, — présente surtout dans l'aspiration irrésistible qui entraînera notre âme séparée sur les chemins ultérieurs de sa destinée (aussi nécessairement que le soleil fait monter la vapeur détachée de l'eau qu'il illumine)... La mort nous livre totalement à Dieu; elle nous fait passer en Lui; il faut, en retour nous livrer à elle en grand amour et abandon, — puisque nous n'avons plus, quand elle est là, qu'à nous laisser entièrement dominer et mener par Dieu. — (...) Tout de même, je sens qu'il y aurait quelque chose à dire sur la joie (saine) de la mort, sur son harmonie dans la Vie, sur la liaison intime (et en même temps la séparation) du Monde des Morts et du Monde des vivants, sur l'unité de l'un et de l'autre en un même Cosmos. La Mort a été trop traitée comme un thème à mélancolie, ou comme un objet d'ascèse, ou comme une entité théologique un peu vaporeuse... Il faudrait lui donner sa place de Réalité vigoureuse et de

1. *Genèse d'une Pensée* (Grasset), 6 novembre 1916, p. 181-182.

phase, dans un Monde et un Devenir qui sont ceux-là même que nous expérimentons.

Ceci est vraiment une surnaturelle et sainte charité, qui te rend vraiment maternelle et éclairée... Entretiens soigneusement cette précieuse disposition. As-tu observé que, ce faisant, tu te transportes un peu en Dieu, dans son Cœur, puisque tu confonds ton affection avec la Sienne (tout de même qu'en faisant Sa volonté tu identifies ton activité avec Son opération) ? Il n'y a pas de communion plus parfaite, plus intime... Non seulement tu aimes *comme* Notre-Seigneur mais tu aimes *par Son* amour *lui-même* [1].

L'important, après tout, n'est-il pas d'être unis à Dieu, et de suivre, quels qu'ils soient, les mouvements qu'Il nous impose ? — et n'est-il pas aussi béatifiant de sentir l'influence de Celui qu'on aime se faire sentir pour nous diminuer (dans un dessein de sagesse) que pour nous grandir ? —

La moralité achève la pensée et la liberté, comme celles-ci terminent l'éveil psychique de la vie. C'est la moralisation des âmes qui prolonge le plus directement le travail de l'évolution, doit-on dire d'un point de vue même purement scientifique. Ainsi se soudent à notre nature les suprêmes devoirs du renoncement, de la charité, de la pureté (vertu si captivante par ses charmes mystérieux si difficiles à interpréter [2] !)

1. *Genèse d'une Pensée* (Grasset), 13 novembre 1916, p. 186, 186-187.
2. *Ibid.*, 29 janvier 1917, p. 228.

Le Christ n'est pas seulement l'individualité souverainement parfaite qui a traversé notre société humaine. Il est encore, dans son organisme mystique, la plénitude et la figure (en élaboration) du kosmos *élu,* — si bien que les beautés et les nuances particulières des âmes n'ont leur *signification définitive* que comme des traits et des touches composant la Céleste Physionomie de la grande et unique Réalité finale. C'est ainsi que nous achevons le Christ... Les plus exquises essences du Savoir, du Beau, du bien-vivre, sont requises pour mener à bout cette œuvre de vie. (...) Et c'est là le sens du travail humain, et de la recherche acharnée pour dominer les secrets et les énergies (bonnes ou mauvaises) du Monde : perfectionner, épurer la vie psychique (individuelle et collective) pour que des types de perfection viennent à terme « que les siècles des siècles ignoreront si nous ne les leur donnons pas ». — Sertillanges a mille fois raison. — Vois-tu, plus j'y pense (et j'y ai beaucoup pensé au cours des dernières marches), plus je conçois la nécessité de préciser et d'organiser l'effort naturel humain *total*[1].

Le prêtre n'est-il pas celui qui doit porter intégralement le poids de la vie, et montrer en soi comment peuvent s'allier le travail humain et l'amour de Dieu ? Je serais curieux de savoir combien nous sommes, parmi les prêtres-soldats, à penser ainsi... J'ai idée que là aussi il y a un courant profond qui se dessine, qui n'ose pas s'avancer ou se manifester, mais qui triomphera quelque jour sous une forme bénie de Dieu et de l'Église[2].

1. *Genèse d'une Pensée* (Grasset), 5 février 1917, p. 232.
2. *Ibid.*, 15 février 1917, p. 238.

Que Dieu nous les donne, et les multiplie, enfin, ces chrétiens qui, *de par leur religion,* porteront, plus que tout autre humain, le poids des aspirations et des labeurs de leur temps! Ah! si seulement nous savions mettre la passion égalitaire du peuple dans notre charité!... Notre-Seigneur a vécu plus que personne la vie des hommes. Nous devons être comme Lui. Sans cette passion-là (= la passion humaine), nous flotterons comme des glaçons sur le courant de notre époque [1] !

Au lieu que le pécheur, qui s'abandonne à ses passions, disperse et dissocie son esprit, le saint, par un processus inverse, échappe à la complexité des affections, par laquelle sont entretenus dans les êtres le souvenir et la trace de leur pluralité originelle. Par le fait même, *il s'immatérialise.* Tout lui est Dieu, Dieu lui est tout, et Jésus lui est à la fois Dieu et tout. Sur un pareil objet, qui épuise en sa simplicité — pour les yeux, pour le cœur, pour l'esprit — la vérité et les beautés du Ciel et de la Terre, les facultés de l'âme convergent, se touchent, se soudent à la flamme d'un acte unique, où la perception se confond avec l'amour. *L'action spécifique de la pureté* (son effet formel, dirait la scolastique) est donc *d'unifier les puissances intérieures de l'âme* dans l'acte d'une passion unique, extraordinairement riche et intense. L'âme pure, finalement, est celle qui, surmontant la multiple et désorganisante attraction des choses, trempe son unité (c'est-à-dire mûrit sa spiritualité) aux ardeurs de la simplicité divine.

1. *Genèse d'une Pensée* (Grasset), 23 février 1917, p. 242.

Le Christ m'épuise tout entier de son regard. De la même perception et de la même présence, Il pénètre ceux qui m'entourent, et que j'aime. Grâce à Lui, donc, ainsi qu'en un divin Milieu, je rejoins les autres par le dedans d'eux-mêmes; je puis agir sur eux par toutes les ressources de ma vie.

Le Christ *nous relie* et *nous manifeste* les uns aux autres.

Ce que ma bouche ne peut faire comprendre à mon frère ou à ma sœur, Il le leur dira mieux que moi. Ce que mon cœur désire pour eux, d'une ardeur inquiète et impuissante, Il le leur accordera, si cela est bon. Ce que les hommes n'écoutent pas de ma voix trop faible, ou qu'ils ferment leurs oreilles pour ne pas entendre, j'ai la ressource de le confier au Christ qui le répétera, quelque jour, à leur cœur. — S'il en est ainsi, je puis bien mourir avec mon idéal, être enseveli avec la vision que je voulais faire partager aux autres. Le Christ recueille, pour la vie à venir, les ambitions étouffées, les lumières incomplètes, les efforts inachevés, ou maladroits, mais sincères. *Nunc dimittis, Domine, servum tuum in pace* [1].

Le bonheur consistant à s'unifier, il peut sembler contradictoire que la simplification de l'être doive se faire par la souffrance. Rien n'est plus vrai, pourtant, ni mieux confirmé par l'expérience religieuse des siècles, ni plus en accord avec l'explication du Monde par la Multitude. Jésus nous en avertit, nous l'éprouvons chaque jour; le mécanisme de la Création l'exige : *la même douleur qui tue et décompose* est nécessaire à l'être afin qu'il vive et qu'il devienne esprit.

1. Maintenant, ô Maître, tu peux, selon ta parole, laisser ton serviteur s'en aller en paix. Lc II, 29.

La Pureté eſt à base de renoncement et de mortification.

Et *la Charité* bien plus encore...

Quand il s'eſt une fois résolu à pratiquer généreusement l'amour de Dieu et du prochain, l'homme s'aperçoit qu'il n'a encore rien fait, en corrigeant son unité intérieure par des séparations généreuses. Cette unité, à son tour, doit, avant de renaître dans le Chriſt, subir une éclipse qui paraîtra l'anéantir. Ceux-là en effet seront sauvés qui, *transportant audacieusement hors d'eux-mêmes* le centre de leur être, oseront aimer un autre *plus que soi,* deviendront cet autre en quelque manière, c'eſt-à-dire traverseront la mort pour chercher la vie.

Si quis vult animam suam salvam facere, perdet eam[1].

Pour moi, je t'ai dit en quelles dispositions je revenais au front : plus nettement conscient que ma tâche, pour le reſte de ma vie, eſt de développer en moi, humblement, fidèlement, opiniâtrement, — et de rendre, en même temps, aussi contagieuse que possible — cette sorte de myſtique qui fait poursuivre Dieu, passionnément, au cœur de toute subſtance et de toute action. Jamais je n'ai perçu, aussi nettement, combien Dieu Seul, et non pas aucune tentative personnelle, pouvait nous éveiller à cette lumière et nous y maintenir. Mais jamais, non plus, je n'avais compris pareillement combien la culture de cette science particulière de diviniser la Vie exigeait le concours

1. « Qui veut en effet sauver sa vie la perdra, mais celui qui perd sa vie à cause de moi la trouvera. » Mt. XVI,25. — *Écrits du temps de la guerre* (Grasset), *La Lutte contre la multitude,* 22 mars 1917, p. 126, 129, 130.

et les soins de toutes les formes de mon activité. Il y faut les sacrements, et la prière, et l'apostolat, et l'étude : tout cela orienté dans un même sens, très concret, très précis [1].

Je retrouve là ces deux éléments où se résume pour moi la vie : *dépendance absolue* de la force créatrice et sanctificatrice de Dieu, seule capable d'entretenir au fond de nous-mêmes le goût de la vie, le goût de Dieu; — et puis, cette attraction intime nous étant donnée, *envahissement par la Divinité* de tout ce qui nous entoure et de tout ce que nous faisons, en sorte que tout devienne pour nous Dieu qui se donne et qui transforme. — Pendant que tu seras ainsi tout près de Notre-Seigneur, sous l'influence de son Cœur, tu Lui demanderas pour nous deux un très grand amour de sa Personne, qui devienne la Force et le bonheur de notre vie. Le Cœur de Notre-Seigneur est vraiment quelque chose d'ineffablement beau et suffisant, qui épuise toute réalité et répond à tous les besoins de l'âme. On se perd à y penser [2].

Il faut que, sous le contrôle de l'*Ecclesia docens, s'organise,* se développe l'*Ecclesia quaerens*. Il y a, en ces temps, des problèmes criants que personne, en dehors de quelques conversations privées, ne pose clairement ni ne regarde en face [3].

1. *Genèse d'une Pensée* (Grasset), 29 mars 1917, p. 247-248.
2. *Ibid.*, 31 mars 1917, p. 249-250.
3. Au Père Victor Fontoynont, 26 juillet 1917. *La Pensée religieuse du Père Teilhard de Chardin,* Henri de Lubac, s.j. (Aubier), p. 354.

Tu n'es pas dans la solitude pour te sentir forte et rayonnante; mais bien pour t'oublier, et t'abandonner, et te refondre en Celui qui rayonne sur nous à travers tous les êtres, — de préférence, à certaines heures, à travers les plus majestueux et les plus silencieux. (...) Essaie davantage, peut-être, de te perdre, au sujet de toutes choses, en Dieu, — au point de ne plus même vouloir savoir si tu fais beaucoup ou peu en ce monde, — uniquement heureuse de Le sentir en toi, au principe et au terme de tout désir et de toute action [1].

Une fois remis aux mains de Notre-Seigneur, nous pouvons nous attendre à ce qu'Il nous traite vigoureusement, mais toujours pour nous faire progresser un peu plus en Lui. De quel prix ne faudrait-il pas être heureux de payer un semblable progrès et une semblable transformation !... — Comme tu me le demandais dans ton avant-dernière lettre, je t'ai « offerte » de mon mieux à la messe, — et je le fais tous les jours, en même temps que je m'offre, moi aussi. Je ne sais si tu connais cette prière, un peu forte mais si belle, d'un de nos Pères du XVIe siècle, que tu comprendras sûrement, dans sa langue : « *Tu, Domine mi, include me in imis visceribus Cordis tui, atque ibi me detine, excoque, expurga, accende, ignifac, sublima, ad purissimum Cordis tui gustum atque placitum, ad puram annihilationem meam.* » « Seigneur, enfermez-moi au plus profond des entrailles de votre Cœur. Et, quand vous m'y tiendrez, brûlez-moi, purifiez-moi, enflammez-moi, sublimez-moi, jusqu'à satisfaction parfaite de vos goûts, jusqu'à la plus

1. *Genèse d'une Pensée* (Grasset), 5 août 1917, p. 257-258.

complète annihilation de moi-même. » J'aime cette prière [1].

J'aime à croire que petit à petit, au lieu de te sentir appesantie par ta besogne extérieure, tu te trouveras en partie *portée* par elle vers Dieu, par la nécessité où tu te sentiras, par amour, de *faire* quelque chose pour Lui, et par l'impuissance où tu te verras de rien faire de bon sans beaucoup d'union avec Lui. La prière et l'action doivent s'alimenter mutuellement, — c'est trop évident. — En cette fête de saint François, je n'ai pas manqué de prier Notre-Seigneur pour qu'Il nous donne, à toi et à moi et à tous, si possible, cette vision et ce goût de sa Divinité en toutes choses, dont nous avons l'attrait, et dont nous éprouvons le besoin.

J'éprouve une sorte de paix et de plénitude à me sentir avancer dans l'inconnu, ou, plus exactement, dans ce qui est indéterminable par nos propres moyens. Tant que nous vivons dans la zone des éléments qui dépendent de notre liberté ou de celle d'autres hommes, nous avons l'illusion de nous suffire, et il me semble que nous nous mouvons alors au sein d'une grande pauvreté. Du moment où nous nous sentons dominés et ballotés par une puissance que rien d'humain ne saurait maîtriser, j'éprouve, presque physiquement, que Dieu me reprend et m'enserre de plus près, — comme si, le chemin disparaissant en avant, — et les hommes, à côté, s'évanouissant dans leur impuissance à nous aider efficacement, Dieu seul était

1. *Genèse d'une Pensée* (Grasset), 23 septembre 1917, p. 264.

devant et *autour,* — *s'épaississant* à mesure qu'on avance, si j'ose dire[1].

Ce que tu me dis de ton besoin d'agir sur le réel, *de faire* du réel, m'a éclairé un coin de moi-même. Garde soigneusement sans te tourmenter ce goût salutaire. Il est sans doute une des racines les plus profondes que l'amour de Dieu puisse jeter dans ta vie vraie et pratique. N'apparaît-il pas, Lui, comme le seul qui puisse donner *une vraie existence* aux produits de notre action ? et, dès lors, n'est-Il pas, *ipso facto,* une des *conditions* mêmes de notre goût à agir ? — Il me semble que c'est par ces sortes d'urgences vitales, beaucoup plus que par la logique abstraite, que Dieu s'impose à notre foi[2].

L'amour charnel ne réussit pas parce que le principe auquel il se confie, la matière, n'est pas un principe de contact, mais de séparation. Le Multiple expulse le Multiple. Plus donc on cherche à se rejoindre sur une sphère inférieure, plus on s'écarte les uns des autres.

Comment alors faut-il s'aimer pour se rapprocher en vérité ? Dans l'Esprit.

L'amour qui tend à la spiritualisation mutuelle des amants, l'amour qui les fait moins s'atteindre directement que converger ensemble vers le même Centre divin, voilà l'amour indéfiniment progressif et rajeuni au sein duquel les êtres construisent peu à peu leur unité !

1. *Genèse d'une Pensée* (Grasset), 4 octobre 1917, p. 268, 269.
2. *Ibid.,* 13 octobre 1917, p. 273.

La Morale est, d'ordinaire, considérée comme un système de pratiques et de liaisons *biologiquement secondaires*, moins urgentes et moins physiques que les relations matérielles ou vitales. C'est une erreur. Il suffit d'étudier, du point de vue de l' « Union créatrice », son rôle dans l'Évolution des vivants, pour voir combien la puissance morphogénique du Bien est profonde. La Morale chrétienne, plus que toute autre, par ses deux vertus fondamentales de Chasteté et de Charité, pratiquées dans le Renoncement, est nettement ordonnée à l'unification progressive de l'être :

— La Chasteté, en luttant contre les puissances désagrégeantes de l'être, maintient et promeut, dans leur état de laborieuse cohérence, les éléments de l'Esprit. *Elle unifie la monade en elle-même.*

— *La Charité*, inversement, pousse les êtres à ne pas se confiner dans le reploiement égoïste de leurs énergies, mais à se dénouer, à s'ouvrir, à se livrer les uns aux autres, — à *s'excentrer*, au profit d'un Centre de groupement supérieur. *Elle unifie les monades entre elles*, rôle particulièrement divin et providentiel dans un Monde où l'apparition de l'intelligence a ouvert une crise d'autonomie et d'individualisme [1].

En tout état intérieur, aie pleine confiance en Notre-Seigneur, n'est-ce pas ? Son œuvre en nous est plus précieuse que toutes nos réussites senties et satisfaisantes [2].

1. *Écrits du temps de la guerre* (Grasset), *L'Union créatrice*, 10 novembre 1917, p. 192, 194.
2. *Genèse d'une Pensée* (Grasset), 25 juillet 1918, p. 286.

Une fois de plus, aie confiance, *crois,* — devant l'avenir plaisant comme devant l'inquiétant. Le mot de l'*Épître aux Hébreux,* « *fides substantia sperandarum rerum* [1] », pourrait, je pense, se traduire ainsi : la foi est l'élément qui stabilise et divinise notre avenir, — elle le crée, pour chacun de nous, à la mesure de notre salut et de notre élection particulière [2].

Plus on se sera laissé emporter avec Foi par la mort, plus elle fera accéder à une forme particulièrement élevée d'existence... — En somme, on peut dire que, plus nous croyons en la vie, plus nous osons, plus l'Univers achève de se créer autour de nous *dans sa réalité mystique,* — dont toute la partie déjà constituée se manifeste alors à notre *vision de Foi* (inséparable de *notre action de Foi*) [3].

Il ne faudrait pas, cependant, que notre timidité ou notre modestie nous fassent devenir mauvais ouvriers ! Si vraiment le développement du Monde peut être influencé par notre foi en Jésus, nous sommes impardonnables de laisser dormir en nous cette puissance.

Dans l'Univers matériel, l'Esprit, et, dans l'Esprit, la région *morale,* sont par excellence le siège *actuel* du développement de la Vie. C'est donc là, en cette moelle plastique de nous-mêmes, où la grâce divine se mêle aux

1. Or la foi est la garantie des biens que l'on espère. He. XI, 1.
2. *Genèse d'une Pensée* (Grasset), 31 août 1918, p. 302.
3. *Ibid.,* 12 septembre 1918, p. 307.

poussées de la Terre, qu'il convient de porter vigoureusement le pouvoir de la Foi.

Là, surtout, l'Énergie créatrice nous attend, sûrement, prête à nous transformer, au-delà de tout ce que l'œil humain a jamais vu, ni son oreille entendu. Qui peut dire ce que Dieu ferait de nous, si nous osions, sur sa parole, suivre jusqu'au bout ses conseils, et nous livrer à sa Providence ?...

Pour l'amour de notre Créateur et de l'Univers, jetons-nous, sans trembler, dans le creuset du Monde à venir !

Il y a trois caractéristiques de la réussite chrétienne, telle que l'obtient la Foi :

1) Elle se produit sans déformer ni rompre aucun déterminisme en particulier, les événements n'étant pas détournés (en général) de leur cours, par la prière, mais intégrés dans une combinaison nouvelle de l'ensemble.

2) Elle ne se manifeste pas nécessairement dans le plan du succès humain naturel, mais dans l'ordre de la sanctification surnaturelle.

3) Elle a *réellement* Dieu pour Agent principal, source et milieu de ses développements.

Sous cette triple réserve, qui la distingue nettement de la Foi naturelle dans son mode d'action, la Foi chrétienne se révèle comme une « Énergie cosmique » extrêmement réaliste et compréhensive.

Par la Science, elle poursuit la froide et exacte lumière qui l'aidera à enchaîner les déterminismes entre eux. Par la vertu auto-suggestive de la volonté, elle cherche à exciter au fond d'elle-même les puissances assoupies de sa nature et de sa personnalité. Industrieuse comme si tout l'Avenir dépendait de ses prévisions calculées, — tendue dans l'effort comme si elle ne pouvait rien espérer que de la *Foi en soi,* — elle vérifie jalousement dans sa conduite le précepte populaire en qui elle fonde son droit de compter sur Dieu : « Aide-toi, le ciel t'aidera. »

Vraiment, la Foi chrétienne est l'agent transformateur par excellence, la force organisatrice suprême de l'Univers. C'est elle, en dernier ressort, qui règle tous les Hasards et libère toutes les Puissances de la Terre.

Nous connaissons maintenant le secret, pressenti par les hommes, d'agir spirituellement sur nos destinées. Il consiste, sur le milieu mouvant où nous pensions sombrer, à se faire tendre vers nous la main de Jésus.

Il ne sert à rien de lire des yeux ces pages, ou d'autres semblables écrites depuis deux mille ans. Celui qui, sans mettre la main à la charrue, pensera les avoir comprises, est dans l'illusion. — *Il faut essayer.*

Il faut, devant l'incertitude pratique du lendemain, s'être abandonné, dans un vrai porte-à-faux intérieur, sur la Providence (considérée comme aussi réelle, physiquement, que les objets de notre inquiétude); il faut, dans la souffrance du mal contracté, dans le remords de la faute commise, dans l'irritation de l'occasion manquée, s'être forcé à croire *sans hésiter* que Dieu est assez fort pour convertir *ce* mal en bien; il faut, malgré certaines apparences contraires, avoir agi, *sans restrictions,* comme si la chasteté, l'humilité, la douceur étaient les seules directions par où pût progresser notre être; —

il faut, dans la pénombre de la Mort, s'être contraint à ne pas détourner les yeux vers le Passé, mais à chercher, en plein noir, l'aurore de Dieu; —

il faut s'être exercé longuement et patiemment dans

cet effort, si l'on veut se faire une idée de la vertu opératrice et de l'œuvre de la Foi.

Au vainqueur courageux de la *lutte contre les fausses solidités, les fausses puissances, et les fausses attractions du Passé,* il est réservé d'atteindre à cette forte et béatifiante *expérience* que « plus nous perdons pied dans l'avenir mouvant et obscur, plus nous pénétrons en Dieu [1] ».

L'importance croissante que prend pour toi l'idée de sacrifice, m'a été une grande joie, parce que je pense que tu pénètres ainsi dans le dernier cercle de l'union divine, et que tu y pénètres (comme il le faut) après avoir traversé le cercle des attractions humaines et en avoir nourri ta puissance de don et de détachement. Pour ceux aux yeux de qui Dieu est devenu la Réalité suprême de l'Univers, il ne saurait y avoir logiquement de bonheur plus stable et plus profond que de sentir cette Réalité se substituer douloureusement à leur être, — dans la mesure où cet être a été fidèle à se former et à se développer. C'est un bonheur intime, que personne ne mesure sinon celui qui est l'objet de cette désirable transformation. Je demande de toutes mes forces à Dieu qu'Il se fasse de toi un instrument très pur et très souple de son action. Quand une fois on a commencé à voir les hommes et les événements sous ce jour particulier, — on est effrayé du besoin de pureté dont souffre l'Univers, et presque « hors de soi » du désir de lui en communiquer un peu. Quel foyer d'effort intérieur, n'y a-t-il pas là, — n'est-ce pas [2] ?...

1. *Écrits du temps de la guerre* (Grasset), *La Foi qui opère,* 28 septembre 1918, p. 320, 324, 324-325, 325, 326, 328-329.
2. *Genèse d'une Pensée* (Grasset), 13 novembre 1918, p. 328.

Pendant cet Avent, je songe que puisque l'Incarnation prend sans cesse pour nous une signification plus réelle, universelle et vivante, il convient que nous tâchions d'éveiller en nous un très grand désir de voir le Christ prendre toute sa plénitude dans le Monde [1].

Il faut tout sacrifier au devoir certain par lequel se manifeste Dieu. Quel que soit le goût que nous devions éprouver, et cultiver, pour toute occupation qui est dans le sens de la plénitude sentie de notre nature, il doit y avoir en nous un goût beaucoup plus fondamental : celui de sentir Dieu croître en nous par l'action universelle et dominante de sa Providence. Et je crois vraiment que ce goût peut arriver à tenir lieu de tous les autres, c'est-à-dire à nous faire trouver l'existence passionnément intéressante même parmi un cadre de choses très banales et très ennuyeuses. Même de ces choses-là, la substance est divine [2].

Il faut (tu l'entends certainement ainsi) que cette préoccupation de faire régner Dieu sur toutes choses, ne soit pas seulement une intention, un objet plus ou moins extrinsèque de désir, — mais *un mobile habituel* de nos actions (même les plus petites) faites avec toute la perfection possible afin que Dieu habite plus intensément en notre âme, et par celle-ci, en tout le reste. Cette cons-

1. *Genèse d'une Pensée* (Grasset), 2 décembre 1918, p. 342.
2. *Ibid.*, 8 décembre 1918, p. 343-344.

cience habituelle d'un *immense intérêt concret* derrière nos moindres actes est une source de très grande paix et satisfaction. Elle est de plus une très grande force contre toutes sortes de tentations [1].

Quand, pour la première fois, un homme dit : « Je crois », rien, en apparence, ne bouge en dehors de son âme. En réalité, cet homme, par sa parole, a opéré sur le Réel universel ! A peine a-t-il donné son consentement à la Vérité révélée, que toutes les Puissances créées se sont transformées, comme par enchantement, *autour de lui*. Étrangères, hostiles ou ambiguës jusqu'alors, les Forces naturelles, quelles qu'elles soient, se sont chargées d'un seul coup, *pour lui*, de l'influence de Jésus. Brusquement, en effet, *son* Monde individuel est entré dans « le champ d'action » de Jésus !

Tout à l'heure, parce que nous croyions, c'était l'Univers qui s'était mis à nous transmettre (jusque par ses énergies matérielles) l'action de Jésus. Maintenant parce que notre volonté est droite, c'est nous, à notre tour, qui contribuons à donner à Jésus son intégrité, par toute notre action.

De la sorte, par *la puissance combinée* de la Foi et de l'intention, un Monde nouveau, sans altérer les traits de l'ancien, se constitue pour le chrétien dans l'intérieur des Choses. Une zone profonde et simple, co-étendue à toute créature, se révèle à lui au cœur de l'Univers, zone en laquelle :

1. *Genèse d'une Pensée* (Grasset), 10 décembre 1918, p. 345.

Quidquid patimur, Christum patimur
Quidquid agimus, Christus agitur[1].

Éveillés à cette atmosphère mystique, partout répandue, nous sentons se réaliser autour de nous la vaste plénitude de l'Incarnation.

Concilier sainement l'agir et le pâtir est la grande difficulté de toute vie intérieure.

Ce n'est pas parce qu'un homme se tourne vers Dieu qu'il cesse d'avoir à respirer, à se nourrir, — à croître, en toutes manières, devant ses semblables. Crions-le sur les toits et les places publiques : c'est du Monde visible que l'âme tire les éléments que la Grâce divinise! C'est l'usage des Réalités tangibles qui (en règle générale) ouvre son intelligence, durcit sa volonté, éveille sa puissance d'aimer. Normalement, l'âme qui veut appartenir solidement au Christ doit préparer en elle comme fondement de sa perfection céleste une abondante matière à sanctifier, *une riche nature*. Science, arts, industrie, activité sociale..., tout cela est nécessaire pour offrir une digne matière à l'influence de Jésus. Rien de tout cela ne doit être étranger au Chrétien, *en tant qu'*il est chrétien.

Le premier devoir, individuel et apostolique, de l'homme surnaturalisé est donc d'élaborer en soi, pour le Christ, par l'usage des créatures, *un moi* vigoureux.

L'Effort que l'Évolution naturelle du Monde impose aux ouvriers de la Terre est extrêmement mortifiant et désintéressé.

1. En tout ce que nous subissons, c'est le Christ que nous subissons. En tout ce que nous réalisons, c'est le Christ qui est réalisé.

Le goût qu'elle leur inspire de s'attacher à un Tout de plus en plus vaste, les habitue à ne plus tenir à rien qui soit petit et particulier.

Les limites insurmontables, enfin, qu'elle leur fait trouver dans les étroitesses de la vie corporelle, les fait rêver d'une mort libératrice.

Par cette triple éducation que lui fait subir l'expérience du Monde, l'âme, *à peine arrivée au cœur des choses, se trouve préparée à s'en évader*. Après s'être remplie de l'Univers et de soi-même, elle se sent prise, un jour (non par déception, mais par *développement logique* de son effort) d'un grand besoin de mourir à elle-même et de se dépasser.

C'est la deuxième phase de sa formation, celle du *détachement*, ou de l'*émersion* du Monde, qui va commencer.

Désormais, sur une base naturelle solide, sur une vigoureuse aptitude naturelle à croître et à s'oublier, le Christ va agir (de préférence par la souffrance) *en se substituant* à l'âme (en l' « extasiant »). Pour la créature dominée par Jésus, le moment est venu où « *Oportet illum crescere, me autem minui*[1] ». C'est l'heure de l'opération *spécifiquement chrétienne*, où le Christ, gardant à l'homme les trésors de sa nature, le vide de son égoïsme, et lui prend son cœur, — heure douloureuse pour la nature inférieure, livrée aux *forces diminuantes* de ce Monde, mais heure délicieuse pour l'homme éclairé par la Foi, qui se sent évincer de lui-même, et mourir, par la force d'une Communion.

Immersion dans le Monde pour Jésus, — émersion du Monde en Jésus, — toutes les nuances de sainteté sont contenues dans les rythmes innombrables de cette *double*

1. Il faut que lui croisse et que, moi, je diminue. Jn III. 30.

respiration par où l'âme, tour à tour, se remplit de la possession des Choses, puis les sublime en Dieu [1].

Ces restrictions, que la Providence impose souvent à nos meilleures joies, sont le plus efficace moyen employé par Dieu, pour nous rappeler, et intensifier en nous, sa Présence. Il faut toujours en revenir là : jamais la vie de Notre Seigneur ne triomphe plus en nous que lorsque nous sommes diminués [nous nous sentons diminués] en Lui [2].

Que faut-il donc à notre génération pour que le panthéisme des uns se surnaturalise, et s'humanise la Foi des autres ? Pour qu'au schisme menaçant succède l'union qui vivifie ?...

Il faut qu'au nom de la plus pure essence de la révélation, nous cherchions à promouvoir par la prière, la méditation, l'exemple, la conjonction des deux astres dont les attractions contraires troublent en apparence *la Paix des hommes de bonne volonté*.

Il faut que nous prêchions et que nous pratiquions ce que j'appellerais « *l'Évangile de l'effort humain* ».

Faire briller aux yeux des hommes conformément à leurs pressentiments d'aujourd'hui et *partager avec eux*

1. *Écrits du temps de la guerre* (Grasset), *Forma Christi*, 22 décembre 1918, p. 343, 344, 345, 346.
2. *Genèse d'une Pensée* (Grasset), 5 janvier 1919, p. 355.

l'espérance de quelque couronnement de l'univers; et pour ce, ne rien négliger quand il s'agira de les associer dans l'unité d'une même foi terrestre, telle devra être, à mon avis, la forme humaine préparatoire de notre zèle, de notre prédication.

Et sur ce terrain nous serions, nous chrétiens, complètement associés avec la partie la plus noble et la plus vivante de nos contemporains, quelles que fussent leurs convictions religieuses.

J'estime d'abord que c'est pour un chrétien une vocation sainte, sacerdotale, essentielle à l'Église, de se mêler par passion pour le Christ, afin d'achever le Christ, *aux travailleurs de la terre.*

A raison des organisations toujours plus vastes qui se nouent et se découvrent dans le monde, une nouvelle catégorie de devoirs tend à se constituer qui doivent trouver place à côté des anciens commandements. La morale jusqu'ici a surtout été individualiste (d'individu à individu); il faudra désormais tenir compte plus explicitement des obligations de l'homme vis-à-vis des collectivités, et vis-à-vis de l'Univers : devoirs politiques, devoirs sociaux, devoirs internationaux, devoirs cosmiques (si l'on peut dire) au premier rang desquels se place la loi du travail et de la recherche...

Un horizon nouveau de responsabilité se découvre à nos contemporains, où le Christianisme doit absolument faire rayonner par extension sa lumière, *sous peine* d'être arriéré dans ses préceptes et de *laisser se former au dehors de lui la conscience humaine.*

Tout progrès doctrinal qui, sur un point quelconque, contribuera ainsi à accorder l'image et l'amour de Dieu avec les aspirations et les croyances naturelles enracinées aujourd'hui dans le cœur humain, représente, j'en ai la conviction, une moisson d'âmes de plus pour le royaume de Dieu.

Étendre le règne de Dieu aux peuples nouveaux, c'est bien. Il est mieux encore, et plus direct, de *le faire pénétrer* jusqu'au cœur profond de l'humanité.

Si nous arrivions à implanter en ce point précis l'amour de Jésus-Christ, nous serions stupéfaits en voyant le torrent des peuples qui reflueraient spontanément vers Jérusalem.

Le monde ne peut être converti et sauvé que par le *surnaturel*, mais par un *surnaturel accordé sur la tendance naturelle* propre à chaque siècle.

On pourrait dire que le cycle complet de la vie intérieure (et apostolique) pour le chrétien comprend trois temps :

a) Participer aux espoirs et aux peines de son temps (c'est-à-dire s'incarner).

b) Intégrer cette forme humaine dans la vie surnaturelle de manière à développer un effort unique vers la spiritualisation de l'être.

c) Sublimer l'effort humain en le faisant atteindre (par prolongement de lui-même) aux formes supérieures de l'activité que sont la pureté, la contemplation, la mort en Dieu [1].

1. *Écrits du temps de la guerre* (Grasset), *Note pour servir à l'évangélisation des temps nouveaux*, 6 janvier (Épiphanie) 1919, p. 372, 373, 375, 378-379, 380, et *La Parole attendue* (Cahier 4, Le Seuil), p. 14, 16, 18-19, 20, 21.

Aime beaucoup Celui qui, pour les yeux de la Foi, anime tout le réseau des événements extérieurs et des expériences intérieures. Y a-t-il une façon meilleure de comprendre et d'éprouver l'intimité divine que de savoir Notre-Seigneur au cœur de tout ce qui nous meut ? Sois extrêmement confiante, et que toute réflexion ou tout examen finisse, pour toi, sur une impression de complet abandon à la conduite infaillible et aimante de Dieu. Renonce, pour cela, à toute impression, ou même à toute pseudo-évidence personnelle [1].

Comme une lumière, la même en tous, le Christ brille au cœur, jamais atteint de *toute* vie, au terme idéal de *toute* croissance. Partout Il nous attire et nous rapproche, dans un mouvement de convergence universelle vers l'Esprit. C'est Lui *seul* que nous cherchons et en qui nous nous mouvons. Mais, pour Le tenir, il nous faut prolonger (et dépasser) *toutes choses*, à l'extrême de leur nature et de leurs progrès.

Les deux amours suprêmes, naturel et surnaturel, qui, vus d'un certain côté, paraissent tirer notre cœur en deux sens contraires, — vers le Règne céleste et vers la domination de la Terre, — s'harmonisent dans la recherche passionnée du Christ-Cosmique.

Les deux astres, dont les attractions semblaient se combattre, apparaissent en réalité sur le prolongement l'un de l'autre : c'est *à travers l'achèvement du Monde* qu'on arrive à Jésus [2].

1. *Genèse d'une Pensée* (Grasset), 12 février 1919, p. 369.
2. *Écrits du temps de la guerre* (Grasset), *L'Élément universel*, 21 février 1919, p. 409, 410-411.

En t'écrivant, je rapproche ma pensée de la tienne, sous l'influence la plus vive qui soit ici-bas (celle de Notre-Seigneur mourant), — et il se trouve que ma lettre t'arrivera, j'espère, le matin de Pâques. Je veux croire que ce matin-là, il y aura du soleil et de la paix dans ton cœur, quelles que soient les circonstances extérieures — la paix qui naît de la confiance en Celui qui a vaincu la mort, c'est-à-dire qui peut faire que toute diminution subie par nous se transforme en accroissement de vie en Lui.

J'ai été frappé de l'insistance avec laquelle l'Église fait répéter à tout bout de champ cette parole « *Christus factus est obœdiens usque ad mortem crucis*[1] ». Évidemment, c'est là le sens précis et profond de la croix : l'obéissance, la soumission à la loi de la vie. Travailler patiemment jusqu'à la mort, — et accepter tout, amoureusement, la mort inclusivement : voilà l'essence du Christianisme. — Plus que jamais, laisse tomber, crois-moi, tout regret inutile pour le passé, et toute inquiétude vague sur l'avenir. Préoccupe-toi seulement d'être obéissante à Dieu, à mesure, au jour le jour, suivant que se manifeste sa volonté[2].

Si quelque vérité tend à grandir pour moi, durant ces jours de calme, c'est l'insignifiance de toutes nos préoccupations, même réputées les plus sérieuses, dès que nous n'y regardons plus l'élément intérieur, divin.

1. Le Christ s'est fait obéissant jusqu'à la mort de la Croix. Phi. II, 8.
2. *Genèse d'une Pensée* (Grasset), 20 avril 1919, p. 383, 384.

Vraiment la vue de Dieu, seule désirable dans tous les événements, devrait nous débarrasser de bien des craintes de ne pas être assez heureux ou assez réussis... Tu sais que mon plus cher désir est que pour toi Notre Seigneur devienne ainsi le seul goût de toutes choses : alors, je serais parfaitement tranquille, parce que je saurais que ta paix est à l'abri de toute épreuve et de toute monotonie, et que tu vis, partout, dans la lumière [1].

Je songe, comme toi, que ce qu'il y a de meilleur en toi est apparu, sans doute, grâce aux « ingratitudes » de la vie, et que nul environnement, pour toi, ne saurait se comparer à celui de Notre-Seigneur, lequel n'entoure généralement de près que ceux qui n'ont rien que Lui au monde pour se reposer. (...) En tout cas, ne te déconcerte pas si tu sens l'influence d'un peu de tristesse; mais sers-toi de cette disposition pour donner au divin encore plus de consistance dans ta vie. Tout le reste est si précaire et si creux : nous devrions triompher chaque fois que la vie nous force à la dominer et à nous en séparer [2].

Qui dira ce que notre vie mystique, la plus surnaturelle, doit à Platon, à Leibniz, à Pascal, à Newton, et à combien d'autres (beaucoup plus inattendus) que chacun de nous pourrait nommer dans son cœur ? Qui oserait prévoir tout ce que l'âme humaine est encore capable

1. *Genèse d'une Pensée* (Grasset), 21 août 1919, p. 395.
2. *Ibid.*, 5 septembre 1919, p. 399-400.

d'acquérir en fait de puissances naturelles immédiatement surnaturalisables (à mesure, par exemple, qu'elle prendra plus pleinement conscience de sa solidarité avec l'Univers, et des régions spirituelles, encore inexplorées, promises à l' « unanimité » des esprits) ? — Qui pourrait affirmer que la Charité, sevrée de sève et de lutte humaine, ne dépérirait pas au sein d'un Monde transformé en couvent ?

Il y a dans l'horaire de chaque vie, et dans l'histoire de toute la race humaine, un lot énorme de réalisations positives, qu'il est impossible, qu'il serait déloyal de laisser avorter. — Il faut absolument, pour que le Christ soit aussi grand que ma vie (que *toute* la Vie) que je puisse avoir conscience de croître en Lui, non seulement par les restrictions ascétiques et les arrachements (suprêmement unissants) de la souffrance, mais encore par tout ce que mon existence comporte d'effort positif, de perfectionnement naturel, de devoir humain.

Aux diverses constructions humaines je n'attribue aucune valeur définitive et absolue. Je crois qu'elles disparaîtront, refondues dans un tout nouveau inimaginable. Mais j'admets qu'elles ont un rôle provisoire essentiel, — qu'elles sont des *phases* irremplaçables, inévitables, par où nous devons passer (nous ou la race) au cours de notre métamorphose. Je n'aime pas en elles leur forme particulière, mais leur fonction, qui est de construire mystérieusement, d'abord du divinisable, — et puis, par la grâce du Christ se posant sur notre effort, du divin.

L'effort chrétien *complet* consiste, à mon avis, en ces trois choses :

— 1) collaborer passionnément à l'Effort humain,

avec la conscience que, non seulement par la fidélité dans l'obéissance, mais par *l'œuvre* réalisée, nous travaillons à l'achèvement du Christ, en préparant la matière plus ou moins prochaine du Plérôme.

— 2) puiser, dans ce labeur pénible et dans la poursuite d'un Idéal de plus en plus élargi, une première espèce de renoncement et de victoire sur l'égoïsme étroit et paresseux.

— 3) chérir, parallèlement aux « pleins » de la vie, ses vides, — c'est-à-dire les passivités et les diminutions providentielles par où le Christ transforme { éminemment / directement } en soi les éléments, la personnalité, que nous avons cherché à développer pour Lui.

Détachement et effort humain s'harmonisent donc. Il faut ajouter que leurs combinaisons sont infiniment variées. Il y a une infinité de vocations et, dans chaque vie, une infinité de phases. Il y a, dans l'Église, Saint Thomas d'Aquin, Saint Vincent de Paul, à côté de Saint Jean de la Croix. Il y a, pour chacun de nous, un temps pour croître, et un temps pour diminuer. Tantôt c'est l'effort humain constructeur qui domine, tantôt c'est l'annihilation mystique. Ce qu'il importe de voir, c'est que ces saintetés différentes sont les nuances d'un même spectre. Toutes ces attitudes procèdent d'une même orientation intérieure, d'une même loi qui combine le double mouvement de la personnalisation naturelle de l'Homme, et de sa dépersonnalisation surnaturelle *in Christo*[1].

1. Au R.P. Auguste Valensin, Paris, 12 décembre 1919.

Tout notre travail, finalement, aboutit à former l'hostie sur qui doit descendre le Feu divin.

Il y aura finalement une possession de tout en Notre-Seigneur. Il y a, pour le moment, une poursuite de Notre-Seigneur à travers tout.

C'est par la logique même de son développement que l'Homme est amené, je crois, *au désir de passer dans un plus grand que soi.* Et c'est en cela précisément que gît « la puissance spirituelle de la matière ». — Pour se fendre et s'ouvrir, il faut que le fruit soit mûr[1].

Pour que les uns commencent, pour que les autres continuent à croire, il faut que nous élevions devant les Hommes la figure du Christ-Universel.

Pour que tout ce travail, enfin, de l'achèvement du Christ ait un sens, vaille la peine qu'il coûte à Dieu, il faut que le mystérieux *Composé* formé par le Christ et l'Univers (par l'Univers centré sur le Christ) ait un prix spécifique exceptionnel. L'adoration du Christ Universel orientera la pensée chrétienne vers cette question si importante, si légèrement escamotée souvent, de la valeur des âmes *in se,* c'est-à-dire de la valeur du Monde, c'est-à-dire, en somme, du pourquoi de la Création. Il serait temps, à une époque où la pensée humaine tend à reconnaître le Cosmos comme un Tout *per se,* de réfléchir un peu aux relations qui unissent ce Tout et Dieu.

1. Au R. P. Auguste Valensin, Paris, 29 décembre 1919.

Sans exagération, un cycle nouveau ne s'ouvre-t-il pas pour l'Église, cycle merveilleusement adapté à l'âge présent de l'humanité : le cycle du Christ adoré à travers l'Univers ?

Que ceux qui croient entendre venir le Maître veillent, qu'ils désirent et qu'ils travaillent [1].

Dans le cas de l'Homme, la mort représente une *métamorphose* par laquelle est rejetée une forme apparente provisoire de l'Univers (provisoire et caduque parce que encore *liée* et *mêlée* aux formes « animales » et « inertes » d'unification de l'Univers), mais ce n'est qu'une métamorphose.

Il n'y a pas, à proprement parler, d'âmes séparées : il y a seulement des âmes qui changent de « sphère » dans le Monde où tout se tient [2].

L'étude scientifique du Monde, parce qu'elle est essentiellement analytique, nous fait d'abord marcher en sens inverse des réalités divines.

Mais, d'autre part, cette même pénétration scientifique des choses, en nous révélant la *structure synthétique* du Monde, nous conduit à faire volte-face, et nous rejette, par son prolongement naturel, vers le Centre unique des Choses, lequel est Dieu Notre-Seigneur.

1. *Science et Christ* (Le Seuil), *Note sur le Christ Universel,* janvier 1920, p. 40, 42, 44.
2. Au R.P. Auguste Valensin, 13, rue du Vieux-Colombier, Paris VI, mai 1920.

La Matière n'est pas un fondement stable du Monde : elle est une *direction* où les choses disparaissent toujours un peu plus à mesure qu'elles perdent un peu plus d'unité.

Il fallait que nous descendions jusqu'aux « atomes » pour comprendre cette vérité; mais maintenant il est nécessaire que nous ne l'oubliions plus : par l'analyse nous avons laissé échapper ce qui fait le prix et la solidité des êtres; la *seule consistance* des êtres leur est donnée par *leur élément synthétique*, c'est-à-dire par ce qui est, à un degré plus ou moins parfait, *leur âme, leur esprit.*

On pourrait dire que, prises individuellement ou en bloc, les choses ont une structure *pareille à celle d'un cône.* Dans un cône il y a un sommet et une base, un centre de convergence et une région d'indéfinie divergence. Un observateur qui suit l'axe d'un cône en allant vers le sommet finit par atteindre le point où toutes les génératrices se rencontrent et se nouent. Une marche inverse le conduit vers une dissociation sans limite des éléments de la figure.

Pour atteindre la zone lumineuse, solide, absolue, du Monde, il ne s'agit pas d'aller vers *le plus profond en dessous ou le plus lointain en arrière, mais vers le plus intérieur dans l'âme, et le plus nouveau dans le futur.* L'Élémentaire et le Passé sont aussi vides de mystère que la profondeur géographique des continents et des abîmes. C'est un *mirage* qui nous fait voir le secret des êtres dans leur *origine* (les « origines » fuient incessamment devant nous comme *l'horizon*), on ne trouve pas plus l'origine des choses que la *source d'un fleuve :* « crescit eundo [1] ». L'expli-

1. Il s'accroît en marchant.

cation et la consistance du Monde sont à chercher dans une Ame supérieure d'attraction et de solidification progressives, sans laquelle la radicale pluralité de l'Univers ne serait jamais sortie de sa poussière. L'analyse de la Matière révèle à qui sait voir, la priorité, la primauté de l'Esprit.

Notre devoir d'Hommes est d'agir *comme si les limites de notre puissance n'existaient pas.* Devenus, par l'existence les collaborateurs conscients d'une Création qui se poursuit en nous pour nous mener vraisemblablement à un but (même terrestre) bien plus élevé et éloigné que nous ne pensons, nous devons aider Dieu de toutes nos forces, et manipuler la matière comme si notre salut ne dépendait que de notre industrie.

Mais, ceci accordé, je vous ferai l'observation suivante qui, bien comprise, suffit à débarrasser la conquête scientifique du Monde de tout esprit d'orgueil et de dureté : quels que soient les progrès de la Science dans la maîtrise de la Matière et dans l'art de déclencher les puissances de la vie, nous n'avons pas à redouter que ces progrès nous obligent jamais logiquement à relâcher, nous pouvons être sûrs au contraire qu'ils ne serviront qu'à tendre plus impérieusement, en nous, les ressorts de l'effort moral et religieux.

Plus nous nous avancerons, par les chemins de la matière, vers le perfectionnement de notre organisme, plus il faudra que l'unité conquise par notre être se trahisse, et qu'elle s'achève, dans les fibres de notre conscience, par la domination de l'esprit sur la chair, par l'harmonisation et la sublimation des passions.

Et plus nous nous rapprocherons, par la convergence industrieuse de nos efforts, du centre commun où tendent les éléments du Monde, plus aussi nous devrons, atomes conscients de l'Univers, nous subordonner « par construction » aux liaisons de plus en plus vastes, à l'influence dominante, universelle, de ce centre mieux connu, — plus nous devrons adorer.

Ce qui est légitime et fortifiant, ce que nous allons faire, c'est de constater combien les vues chrétiennes viennent harmonieusement répondre à ce que nous cherchons. La Science, avons-nous vu, par les impuissances mêmes de son effort analytique, nous a appris qu'il devait y avoir dans la direction où les choses se compliquent dans l'unité, un Centre suprême de convergence et de Consistance, où tout se noue, et par qui tout se tient. Jouissons (le terme n'est pas trop fort) en observant combien Jésus-Christ, par sa morale la plus fondamentale et ses attributs les plus sûrs, vient admirablement remplir cette place vide marquée par l'attente de toute la Nature.

Ouvrez les Écritures à leurs passages les plus graves et les plus authentiques. Interrogez l'Église sur ses croyances les plus essentielles. Vous apprendrez ceci : le Christ n'est pas un accessoire surajouté au Monde, un ornement, un roi comme nous en faisons, un propriétaire... Il est l'alpha et l'oméga, le principe et la fin [1], la pierre du fondement et la clef de la voûte, la Plénitude et le Plénifiant. Il est celui qui consomme et celui qui donne à tout sa consistance. Vers lui et par lui, Vie et Lumière intérieures du Monde, se fait, dans la plainte et l'effort, l'universelle convergence de tout l'esprit créé. Il est le Centre unique, précieux et consistant, qui étincelle au sommet à venir

1. Ap. XXII, 13.

du Monde, à l'opposé des régions obscures, éternellement décroissantes, où s'aventure notre Science quand elle descend la route de la Matière et du Passé.

Avant tout, n'ayons pas peur, nous chrétiens, et ne nous scandalisons pas à tort et à travers des résultats de la recherche scientifique, soit en physique, soit en biologie, soit en histoire. Des catholiques sont déconcertés quand on vient leur montrer, — ou bien que les lois de la Providence se décomposent en déterminismes et en hasard, — ou bien que sous nos puissances les plus spirituelles se cachent des édifices matériels très compliqués, — ou bien que la religion chrétienne a des racines dans un développement religieux naturel de la conscience humaine, — ou bien que le corps humain suppose une série immense de développements organiques préalables. Ces catholiques nient les faits, ou bien ils s'en effraient. Ceci est un grand tort. Les analyses de la Science et de l'Histoire sont très souvent exactes; mais elles n'enlèvent absolument rien à la toute-puissance divine, ni à la spiritualité de l'âme, ni au caractère surnaturel du Christianisme, ni à la supériorité de l'Homme sur les animaux... La Providence, l'âme, la vie divine, sont des réalités synthétiques. Leur fonction étant d' « unifier », elles supposent, en dehors et au-dessous d'elles, un système d'éléments : mais ces éléments ne les constituent pas, ils attendent au contraire d'elles leur « animation ».

La Science ne doit donc pas nous troubler dans notre Foi par ses analyses. Elle doit au contraire nous aider à mieux connaître, comprendre et apprécier Dieu. Je suis convaincu, pour ma part, qu'il n'y a pas de plus puissant aliment naturel pour la vie religieuse que le contact des réalités scientifiques bien comprises. L'homme qui vit habituellement dans la société des éléments de ce monde, l'homme qui expérimente personnellement l'immensité écrasante des choses et leur misérable dissociation, — celui-là, j'en suis sûr, prend une conscience plus aiguë que personne, et de l'immense besoin d'unité qui chasse l'Univers toujours plus en avant et de l'avenir inouï qui lui est réservé. Personne autant que l'Homme penché sur la Matière ne comprend combien le Christ, par son Incarnation, est intérieur au Monde, enraciné dans le Monde jusqu'au cœur du plus petit atome. Nous avons comparé la structure de l'Univers à celle d'un cône : celui-là seul apprécie bien la richesse incluse dans le sommet du cône qui a d'abord mesuré la largeur et la puissance de la base.

Il est vain, par conséquent, — il est injuste, d'opposer la Science et le Christ, ou de les séparer comme deux domaines étrangers l'un à l'autre. La Science, seule, ne peut découvrir le Christ, — mais le Christ comble les vœux qui naissent dans notre cœur à l'école de la Science. Le cycle qui fait descendre l'Homme jusqu'aux entrailles de la Matière en plein Multiple, pour, de là, remonter jusqu'au centre de l'unification spirituelle, *est un cycle naturel*. On pourrait dire que c'est *un cycle divin*, puisqu'il a été suivi d'abord par Celui qui a dû « descendre aux enfers » avant de s'élever jusqu'aux cieux, afin de remplir toutes choses. « Quis ascendit nisi qui descendit prius, ut impleret omnia[1]. »

1. D'après Eph. 4, 9 et 10. « Il est monté », qu'est-ce à dire, sinon qu'il est aussi descendu, dans les régions inférieures de la terre ? Et celui qui est descendu, c'est le même qui est aussi monté au-dessus de tous les cieux afin de remplir toutes choses. — *Science et Christ ou analyse et synthèse*, 27 février 1921, p. 47-48, 55, 56, 56-57, 59, 60-61, 61, 61-62, in : *Science et Christ* (Le Seuil).

La lettre de la Bible nous montre le Créateur façonnant le corps de l'homme avec de la terre. L'observation consciencieuse du monde tend à nous faire apercevoir aujourd'hui que, par cette « terre », il faudrait entendre une substance élaborée lentement par la totalité des choses, — de sorte que l'homme, devrions-nous dire, a été tiré non pas précisément d'un peu de matière amorphe, mais d'un effort prolongé de la « Terre » tout entière. Malgré les difficultés sérieuses qui nous empêchent encore de les concilier pleinement avec certaines représentations plus communément admises de la création, ces vues (familières à saint Grégoire de Nysse et à saint Augustin) ne doivent pas nous déconcerter. Petit à petit (sans que nous puissions encore dire dans quels termes exactement, mais sans que se perde une seule parcelle du donné, soit révélé, soit définitivement démontré), l'accord se fera, tout naturellement, entre la science et le dogme sur le terrain brûlant des origines humaines. Évitons, en attendant, de rejeter, d'aucun côté, le moindre rayon de lumière. La Foi a besoin de toute la vérité [1].

Pour convertir et pacifier la terre, aujourd'hui, il faut voir et faire voir aux hommes que c'est Dieu lui-même qui les attire et les atteint à travers le processus unificateur de l'Univers.

Cette tentative est-elle possible ? Certainement. Mais à une condition : c'est que nous comprenions avec tout le réalisme voulu le mystère de l'Incarnation [2].

1. *L'Apparition de l'Homme* (Le Seuil), *Les Hommes fossiles*, mars 1921, p. 49-50.
2. *Panthéisme et Christianisme* (inédit), 17 janvier 1923.

Croyez bien que je devine assez facilement combien il doit être déprimant d'être obligé de se soigner matériellement sans trouver autour de soi de dérivatif ou d'excitant pour l'activité de l'esprit. (...) Dieu, qui nous ordonne de croître, et qui a en quelque façon besoin de notre croissance, utilise aussi nos échecs et nos diminutions inévitables pour *se substituer* à nous — si nous avons assez foi en Lui. (...) Tâchez de ne pas vous laisser déprimer par votre dépression même, et par la considération des inconvénients de votre hiver à l'hôtel; — mais cherchez plutôt à « croire » *obstinément* à l'usage que saura faire, même de votre faiblesse, celui qui anime [tient] si bien tous les ressorts du monde par le dedans, qu'il n'est aucun mal, sous son influence, qui ne puisse se tourner en bien [1].

En réalisant avec plus d'urgence et plus de précision dans notre esprit combien notre nature tient profondément aux entrailles de la Terre, nous nous ferons une plus magnifique idée de l'unité organique de l'Univers; nous mesurerons un peu mieux la valeur sacrée, cachée sous le don de la vie; nous sentirons plus graves les responsabilités de notre liberté à qui est transmis le soin de faire réussir, en définitive, un effort qui dure depuis des millions d'années [2].

1. A R. de L. V., 13, rue du Vieux-Colombier, Paris VI, 15 février 1923 (*Christus*, nº 54, t. 14, avril 1967).
2. *L'Apparition de l'Homme* (Le Seuil), *La Paléontologie et l'Apparition de l'homme*, mars-avril 1923, p. 80.

J'aurais aimé descendre sur ces côtes rocheuses, non seulement pour les essayer de mon marteau, mais pour écouter aussi si j'entendrais la voix du Buisson ardent. Mais le moment n'est-il pas passé où Dieu parlait dans le désert, et ne comprenons-nous pas que « Celui qui est » ne s'entend pas ici ou là, parce que les sommets habités par Lui ne sont pas une montagne inaccessible, mais une sphère plus profonde des choses ? Le secret du monde est partout où nous arrivons à voir l'Univers transparent [1].

Continuez à croire absolument, sans hésitation, que le sacrifice le meilleur que vous puissiez offrir à Notre Seigneur est l'offrande de votre intelligence et de votre activité, pour qu'elles croissent l'une et l'autre autant que possible, — et pour qu'elles se trouvent limitées là où des Causes plus fortes que vous viendront vous apporter une restriction *divine*. Je vous l'ai dit bien des fois : le secret pour avoir la paix, et n'étouffer jamais (fût-ce au milieu des pires banalités), c'est d'arriver, Dieu aidant, à apercevoir l'Unique Élément nécessaire qui circule en toutes choses, et qui peut se donner à nous (avec sa joie et sa liberté) par tout objet, pourvu que cet objet soit amené devant nous par la *fidélité* à la vie, et que la *foi* en la présence et l'opération divine le transforme [2].

Je tends à admettre que la matérialité est une chose *relative* (en grande part) : pour un être, ceci est matériel

1. *Lettres de voyage* (Grasset), 15 avril 1923, p. 26.
2. *Lettres à Léontine Zanta* (Desclée De Brouwer), Tien-Tsin, 26 mai 1923, p. 54.

qui est moins spirituel que lui (comme la nuit est sombre quand on regarde *en arrière de* la lumière, — claire, en avant, vers cette lumière). Il y a ainsi une infinité de spiritualités croissantes. L'Homme ramène avec lui le Monde des êtres inférieurs à Dieu : le péché est de s'y replonger; la vertu, de les entraîner [1].

On n'arrive pas à se familiariser vraiment avec cette idée que Dieu construit irrésistiblement son Œuvre avec des éléments fragiles, et que c'est sur la seule Énergie divine qu'il faut s'appuyer, et non sur aucun des éléments palpables, — si chers soient-ils — que nous touchons [2].

La mystique est la grande Science et le grand Art, la seule puissance capable de synthétiser les richesses accumulées par les autres formes de l'activité humaine [3].

Que le Seigneur tourne, pour vous, cet isolement en force. N'est-ce pas Lui qui a dit que, lorsqu'on a mis la main à la charrue, il ne faut pas regarder en arrière ? Plus je vais dans la vie, plus il me semble que les événements

1. *Lettres à Léontine Zanta* (Desclée De Brouwer), aux bords du Chara-ousso-gol (Ordos oriental), 7 août 1923, p. 59.
2. A l'Abbé C. Gaudefroy, 15 août 1923.
3. *Lettres de voyage* (Grasset), 9 septembre 1923, p. 47.

individuels ne doivent pas compter, mais seulement le dévouement à ce qui se fait de plus grand que nous [1].

Je comprends votre anxiété de ne pas être à la hauteur de la tâche. C'est une des grandes peines humaines. Il faut la regarder en face, cette peine, dans la vérité et dans la lumière de Dieu, puisque nous vivons à ce soleil. Ne vous perdez pas en vaines perquisitions intérieures sur ce que vous pouvez bien valoir. Mais dites-vous, catégoriquement, que, pour la réussite de l'œuvre immense de la Création, Dieu n'a besoin que d'une chose : c'est que vous fassiez *de votre mieux*. Dès lors que vous donnez ce dont vous êtes capable, vous êtes, *au maximum*, unie à l'Action créatrice : vous ne sauriez être un serviteur plus utile. Comprenez bien ceci, c'est capital : une seule chose importe dans l'existence (pour que notre vie soit pleine), tenir exactement la place, voulue de Dieu, qui est marquée, à chaque instant, par l'équilibre s'établissant entre notre effort (pour réussir et nous développer) et la résistance des choses (qui nous limitent). A cette place-là, nous sommes, dans l'Univers, un atome fidèle et souverainement utile, véritablement annexé au Corps et au Cœur du Christ. A défaut de pouvoir sur notre inspiration et notre intelligence, nous avons aussi, ne l'oubliez pas, la ressource d'intensifier notre intention et notre foi. Plus je vais, plus je pense que de [ce] côté-là notre puissance est prodigieuse. Moins vous vous sentirez forte et assurée de vous-même, plus il faut que vous fortifiiez en vous la vue de l'Être omniprésent à qui vous avez voué votre effort.

1. *Lettres de voyage* (Grasset), 23 octobre 1923, p. 63.

Le plus humble effort, accompli avec cette conscience aimante d'agir (physiquement) in Christo, a (c'est la foi fondamentale du chrétien) un retentissement, sur les vraies fibres du Monde, qu'aucun ébranlement purement « humain » ne pourrait produire. Tout ceci revient à vous dire : compensez les déficiences senties par un redoublement de vie intérieure, « de vue mystique ».

Je ne pense pas que celui-là ait rien à redouter de l'Énergie qui mène le Monde, qui aura toujours fait profession de se confier à Elle. Nous serons, de l'autre côté, quelque chose de très nouveau. Mais ce sera certainement encore nous, en mieux [1].

J'ai lu avec grand intérêt votre article sur les Équipes sociales féminines. Vous avez raison de voir dans celles-ci un triomphe, de fait, pour le féminisme : c'est en s'imposant de la sorte, bien plus qu'en discutant la légitimité de leurs droits, que les femmes feront leur place dans la société. Ce que vous me dites, d'après Garric, sur la sève religieuse qui s'accumule dans les masses populaires regardées comme les plus « sauvages », est trop dans le sens de mes espoirs les plus chers pour que je n'en aie pas tressailli de joie. Oui, prenez un bon bain dans cette matière humaine, un peu trouble, mais si vive.

Ce qui est sûr, c'est que le Christianisme, pour attirer l'attention, puis la sympathie des hommes d'Extrême-

1. *Lettres à Léontine Zanta* (Desclée De Brouwer), Tien-Tsin, 12 décembre 1923, p. 65-66.

Orient, devra se présenter sous une forme (celle que nous désirons, n'est-ce pas ?) qui amplifie (loin de minimiser !) le mystère, la grandeur, l'intérêt, et les problèmes de l'Univers tangible.

Votre vraie force sera toujours dans la tension spirituelle que vous arriverez à maintenir en vous, par la pensée et par le contact avec Dieu [1].

« Toute consistance vient de l'Esprit ». C'est la définition même de l'Union créatrice. L'expérience immédiate et brutale du Monde tendrait à nous faire admettre le contraire. La solidité de l'inorganique, la fragilité de la chair, veulent nous faire croire que toute consistance vient de la Matière. Il faut résolument inverser cette vue grossière des Choses, que la Physique elle-même est en train de ruiner en découvrant le lent évanouissement de substances que nous pensions indestructibles. — Non, rien ne tient que par un effet de synthèse, c'est-à-dire en somme, si humble soit cette synthèse, par un reflet de l'Esprit. Dès lors, le philosophe matérialiste qui cherche au-dessous de l'âme le principe solide de l'Univers ne saisit que de la poussière qui s'éparpille entre ses doigts. Et dès lors, aussi, le charnel, qui essaie de rejoindre l'objet de sa passion autrement qu'en allant vers l'élévation de son être, c'est-à-dire sans chercher à former par l'union de deux vivants une sorte de nouvelle âme plus riche et plus haute, — le charnel, dis-je, place dans sa tentative d'adhé-

1. *Lettre à Léontine Zanta* (Desclée De Brouwer), 25 janvier 1924, p. 68-69, 71.

sion un incurable principe de séparation : chaque pas nouveau dans la jouissance matérielle l'éloigne de son amour.

A travers l'immense réseau de la multiplicité universelle, du plus modeste élément jusqu'au plus sublime, des constructions les plus matérielles de la Nature jusqu'aux édifices les plus raffinés de notre pensée, de la plus petite association de monades jusqu'aux plus vastes ensembles organisés, « Tout tient par en haut ».

De chaque élément du Monde on peut se demander, en bonne philosophie, s'il n'étend pas ses racines jusqu'aux dernières limites du Passé. A combien plus forte raison convient-il de reconnaître au Christ cette mystérieuse préexistence ! — Non seulement « in ordine intentionis », mais « in ordine naturæ », « omnia in eo condita sunt »[1]. Les prodigieuses durées qui précèdent le premier Noël ne sont pas vides de lui, mais pénétrées de son influx puissant. C'est l'agitation de sa conception qui remue les masses cosmiques et dirige les premiers courants de la biosphère. C'est la préparation de son enfantement qui accélère les progrès de l'instinct et l'éclosion de la pensée sur Terre. Ne nous scandalisons plus, sottement, des attentes interminables que nous a imposées le Messie. Il ne fallait rien moins que les labeurs effrayants et anonymes de l'Homme primitif, et la longue beauté égyptienne, et l'attente inquiète d'Israël, et le parfum lentement distillé des mystiques orientales, et la sagesse cent fois raffinée des Grecs pour que sur la tige de Jessé et de l'Humanité la Fleur pût éclore. Toutes ces préparations étaient cos-

1. Non seulement « dans l'ordre de l'intention », mais « dans l'ordre de la nature », « tout est contenu en lui ».

miquement, biologiquement, nécessaires pour que le Christ prît pied sur la scène humaine. Et tout ce travail était mû par l'éveil actif et créateur de son âme en tant que cette âme humaine était élue pour animer l'Univers. Quand le Christ apparut entre les bras de Marie, il venait de soulever le Monde.

Pour conquérir la vie humaine, pour la dominer de sa vie à lui, ce n'était pas assez que le Christ s'y juxtaposât; il a fallu qu'il l'assimilât, c'est-à-dire qu'il l'essayât, la goûtât, la domptât au fond de lui-même. Ce ne serait donc pas comprendre son existence historique, ce serait la défigurer et la profaner, que de n'y pas voir un gigantesque corps-à-corps entre le Principe de l'unité suprême et le Multiple qu'il s'agissait d'unifier.

Le Christ, d'abord, a éprouvé en lui le cœur humain *individuel*, celui qui fait notre torture et notre joie. Mais, en lui, il n'y avait pas seulement un homme, — il y avait l'Homme; non pas seulement l'Homme parfait, l'Homme idéal, — mais l'Homme total, celui qui rassemblait, au fond de sa conscience, la conscience de tous les hommes. A ce titre, il a dû passer par une expérience de l'universel. Essayons de réunir en un seul Océan la masse de passions, d'attentes, de craintes, de peines, de bonheur, dont chaque homme représente une goutte. C'est dans cette mer immense que le Christ s'est plongé, jusqu'à l'absorber, par tous ses pores, tout entière. C'est cette mer tumultueuse qu'il a dérivée dans son cœur puissant, jusqu'à ce qu'il en ait dompté les vagues et les marées au rythme de sa vie à lui. — Voilà le sens de la vie ardente du Christ bienfaisant et priant. Voilà le secret inabordable de son agonie. Et voilà aussi la vertu incomparable de sa mort en Croix.

Le Christ est ressuscité. — La Résurrection, nous cherchons beaucoup trop à la regarder comme un événement apologétique et momentané, comme une petite revanche individuelle du Christ sur le tombeau. Elle est bien autre chose, et bien plus que cela. Elle est un « tremendous [1] » événement cosmique. Elle marque la prise de possession effective, par le Christ, de ses fonctions de Centre universel. Jusque-là, il était partout comme une âme qui péniblement rassemble ses éléments embryonnaires. Maintenant il rayonne sur tout l'Univers comme une conscience et une activité maîtresses d'elles-mêmes. Il a émergé du Monde, après y avoir été baptisé. Il s'est étendu jusqu'aux cieux après avoir touché les profondeurs de la Terre : « Descendit et ascendit ut impleret omnia » (Eph. IV, 10). Quand, en face d'un Univers dont l'immensité physique et spirituelle se révèlent à nous de plus en plus vertigineuses, nous sommes effrayés du poids toujours croissant d'énergie et de gloire qu'il faut placer sur le fils de Marie pour avoir le droit de continuer à l'adorer, pensons à la Résurrection.

Pour que la mort physiologique (reste, en nous, de la domination du Multiple) pût être transformée en moyen d'union, il fallait (de nécessité physique) que les monades condamnées à la subir sachent l'accepter avec humilité, amour et surtout immense confiance. Il fallait que nous surmontions, intellectuellement et vitalement, l'horreur que la destruction nous inspire. — En essayant sur soi la mort individuelle, en mourant saintement la mort du Monde, le Christ a opéré ce retournement de nos vues et de nos craintes. Il a vaincu la mort. Il lui a donné

1. Mot anglais = formidable.

physiquement la valeur d'une métamorphose. Et avec Lui, par elle, le Monde a pénétré en Dieu.

Pour interpréter dignement la place fondamentale que l'Eucharistie tient en fait dans l'économie du Monde, pour satisfaire la légitime exigence de ceux qui, aimant Jésus, ne peuvent se supporter un instant en dehors de Lui, je pense qu'il est nécessaire de donner une grande place, dans la pensée et la prière chrétiennes, aux extensions réelles et physiques de la Présence Eucharistique.

L'Hostie est pareille à un foyer ardent d'où rayonne et se répand la flamme. Comme l'étincelle jetée dans la bruyère s'entoure bientôt d'un large cercle de feu, ainsi, au cours des siècles, l'Hostie sacramentelle (car il n'y a qu'une seule Hostie, grandissante, entre les mains des prêtres qui se succèdent), l'Hostie de pain, dis-je, va s'enveloppant toujours plus intimement d'une autre Hostie infiniment plus grande, qui n'est rien moins que l'Univers lui-même — l'Univers graduellement absorbé par l'élément universel. Ainsi, quand se prononce la formule : « Hoc est Corpus Meum », « Hoc » désigne « primario » le pain. Mais, « secundario », dans un second temps de la nature, la matière du sacrement est le Monde lui-même, en qui se répand, pour l'achever, la présence surhumaine du Christ Universel. Le Monde est la définitive et réelle Hostie où descend petit à petit le Christ et jusqu'à la consommation de son âge. Une seule parole et une seule opération remplissent depuis toujours l'universalité des choses : « Hoc est Corpus Meum ». Rien ne travaille dans la création que pour aider, de près ou de loin, à la consécration de l'Univers.

Le chrétien doit agir, et agir beaucoup, et agir avec autant de sérieux que l'ouvrier le plus convaincu de la Terre, pour que le Christ naisse toujours davantage dans le Monde autour de lui. Plus que tout incroyant, il doit vénérer et promouvoir l'effort humain; — l'effort sous toutes ses formes, — l'effort humain surtout qui va plus directement à augmenter la conscience (c'est-à-dire l'être) de l'Humanité; je veux dire la recherche scientifique de la vérité, et la poursuite organisée d'une meilleure liaison sociale. Dans ces directions-là, ceux qui aiment le Christ Universel ne devraient jamais se laisser dépasser en espérance et en audace. Personne, en effet, n'a autant de raisons qu'eux de croire en l'Univers, et de se jeter sur lui pour s'en emparer.

Parfois, le Christ fait servir nos misères, et nos malchances, à nous diriger sur des voies plus hautes, où nous nous améliorons *expérimentalement* : combien de saints ne sont-ils pas devenus saints pour avoir été vaincus sur un domaine terrestre ? — Mais souvent aussi nos décroissances et nos ratés ne semblent se compenser par aucun avantage appréciable, même spirituel. Alors, moins que jamais, ne doutons de Dieu. Le monde ne peut arriver à Dieu, in Christo Jesu, que par une refonte totale où il doit *paraître* sombrer tout entier, *sans compensation expérimentale* (d'ordre terrestre). Quand une pareille mort, rapide ou lente, pénétrera en nous, ouvrons largement nos cœurs aux espérances de l'union : jamais, si nous le voulons, la puissance animatrice du Monde n'aura été aussi maîtresse de nous.

Les auteurs mystiques se disputent pour savoir si l'action doit précéder la contemplation comme une préparation, ou bien rejaillir de celle-ci comme une surabondance divine. J'avoue ne pas comprendre ces problèmes. Que j'agisse ou que je prie, que j'ouvre laborieusement mon âme par le travail, ou que Dieu l'envahisse par les passivités du dehors et du dedans, j'ai conscience également de m'unir. Or en cette conscience gît « formellement » l'activité mystique. Chassé activement vers le développement par les aspirations sensibles de mon être, ou douloureusement maîtrisé par les liaisons matérielles, ou visité par les grâces d'oraison, je ne me meus ni plus ni moins dans le milieu mystique. *D'abord* je suis in Christo Jesu; *après* seulement, j'agis, ou je souffre, ou je contemple.

Chassée, par la logique de l'effort et par le dynamisme secret de la Matière, vers des espérances de plus en plus universelles, — percevant, avec une clarté impitoyable, l'absurdité qu'il y aurait à poursuivre une œuvre humaine sans lendemain, — la fraction montante de l'Humanité s'absorbera toujours davantage dans la poursuite et l'attente d'un Dieu; et jamais le Christ n'aura trouvé dans la Création une plus magnifique puissance pour le haïr ou pour l'aimer. En effet, pressés les uns contre les autres par l'accroissement de leur nombre et la multiplication de leurs liaisons, — serrés entre eux par l'éveil d'une force commune et le sentiment d'une angoisse commune, — les Hommes de l'avenir ne formeront plus, en quelque manière, qu'une seule conscience; et parce que, leur initiation étant terminée, ils auront mesuré la puissance de leurs esprits associés, l'immensité de l'Univers, et l'étroitesse de leur prison, cette conscience sera véritablement adulte, majeure. — Ne peut-on pas imaginer qu'à ce moment se posera pour la première fois, dans une option finale, un acte vraiment et totalement humain, — le oui ou le non en face de Dieu, proféré individuellement par des êtres en chacun desquels se sera pleinement épanoui le sentiment de la liberté et de la responsabilité humaines[1] ?

Toute ma vie intérieure s'oriente et se confirme de plus en plus dans l'union à Dieu trouvé dans « toutes les forces intérieures et extérieures de ce Monde ». Mais, pour que cette attitude ait son efficacité, il ne faut *rien* exclure de ces forces : ni la mort, ni la « persécution » sur le domaine des idées. Tout est transformable en notre Seigneur, si nous croyons. Je vous ai déjà dit, peut-être, que la formule générale de la vie chrétienne avait pris pour moi cet énoncé : « Communier par la fidélité avec le Monde consacré par la foi ». Je crois que cette proposition est exhaustive, et inattaquable.

Il n'est pas essentiel que nous comprenions absolument, distinctement notre vie pour qu'elle soit belle et réussie. Souvent une existence est féconde par le côté qu'on serait porté à dédaigner[2].

On s'en va répétant que l'Évolution est une doctrine mauvaise, tout juste bonne à véhiculer le matérialisme et les idées de lutte universelle. Pour calmer ou moraliser le

1. *Science et Christ* (Le Seuil), *Mon Univers*, 25 mars 1924, p. 77-78, 89-90, 90-91, 91-92, 92, 93, 93-94, 96-97, 101-102, 103-104, 112.
2. *Lettres à Léontine Zanta* (Desclée De Brouwer), Linn-Si (Mongolie orientale), 20 mai 1924, p. 73.

monde, on cherche à la diminuer et à la discréditer. Tactique funeste, crierons-nous, et précisément faite pour accélérer la crise qu'on prétend étouffer. Vous êtes effrayés de la soif d'indépendance et de plaisir qui se répand comme un feu à travers le monde. Vous cherchez un moyen de discipliner l'individualisme et de supprimer la lâcheté. Vous n'en trouverez pas d'autre que d'exalter devant les hommes la grandeur du tout qu'ils méconnaissent et dont leur égoïsme irait à compromettre le succès [1].

Quelle doit être, à notre avis, la seule légitime réaction des vues évolutionnistes sur un homme profondément convaincu de leur vérité ?

Avant tout cet homme voit s'exalter presque à l'infini, devant lui, la grandeur de ses responsabilités. Lui qui pouvait se croire jusqu'alors, dans la Nature, un être de passage, local, accidentel, libre de gaspiller, à ses dépens individuels, l'étincelle de vie qui lui est échue, il discerne soudain, au fond de lui-même, la charge redoutable de conserver, d'accroître, de transmettre la fortune d'un Monde. Sa vie, en un sens vrai, a cessé de lui être particulière. Corps et âme, il émerge d'un formidable travail créateur auquel la totalité des choses a depuis toujours collaboré; et, s'il se dérobe à la tâche assignée, quelque chose de cet effort sera pour jamais perdu et manquera à tout l'avenir. Ah! l'émotion sacrée de l'atome qui découvre au fond de lui-même le visage de l'Univers... Quel murmure prodigieux, si nous savions l'entendre, que

1. *La Vision du Passé* (Le Seuil), *L'Hominisation*, 6 mai 1925, p. 108-109.

celui des gémissements sans nombre qui ont préparé notre naissance, mêlés aux appels sans nombre qui descendent vers nous de l'avenir. Pour une part infime, mais réelle, le succès de l'énorme affaire, de l'immense enfantement universel, eſt entre les mains du moindre d'entre nous [1].

Une considération qui me donne de la patience eſt celle-ci : quand même nous n'arriverions pas, notre vie durant, à extérioriser ce que nous voyons, vous, moi, et tant d'autres, ce serait déjà beaucoup d'avoir servi à Dieu de champ d'expérience pour cette merveilleuse alliance des amours du Ciel et de la Terre. Une fois le germe inséré dans une parcelle de la masse humaine, il se répandra invinciblement dans tout le corps, sans que nous sachions comment. Le tout eſt d'être fidèles entre les mains, sous l'influence de Dieu, et voilà ce que je demande chaque jour pour vous [2].

Il faut absorber le mal dans un excès de fidélité [3].

Le monde eſt plein de forces, mais il se débat et il étouffe, parce que personne, même le chrétien, ne vient

1. *La Vision du Passé* (Le Seuil), *Les Fondements et le Fond de l'Idée d'Évolution,* 25 mai (Ascension) 1926, p. 191, 192.
2. *Lettres à Léontine Zanta* (Desclée De Brouwer), Tien-Tsin, 28 août 1926, p. 76-77.
3. A Édouard Le Roy, Tien-Tsin, 24 janvier 1927.

donner l'exemple et tracer la voie d'une action et d'une vie pleinement humaines, ouvertes passionnément et activement à tout bien et à toute beauté et à toute vérité. Il n'y a qu'un seul contact irrésistible pour attirer et pour unir, c'est celui de tout l'homme avec tout l'homme[1].

Qu'est-ce en effet qu'être sainte, pour une créature, sinon adhérer à Dieu au maximum de ses puissances ? — et qu'est-ce qu'adhérer à Dieu au maximum, sinon remplir, dans le Monde organisé autour du Christ, la fonction exacte, humble ou éminente, à laquelle, par nature et par surnature, elle est destinée ?

Nous voyons, dans l'Église, toutes sortes de groupements dont les membres s'attachent à la pratique parfaite de telle ou telle vertu particulière : miséricorde, détachement, splendeur des rites, missions, contemplation. Pourquoi n'y aurait-il pas aussi des hommes voués à la tâche de donner, par leur vie, l'exemple de la sanctification générale de l'effort humain ? — des hommes dont l'idéal religieux commun serait de donner leur explicitation consciente complète aux possibilités ou exigences divines que recèle n'importe quelle occupation terrestre ? — des hommes, en un mot, qui, dans les domaines de la pensée, de l'art, de l'industrie, du commerce, de la politique, etc., s'attacheraient à faire, avec l'esprit sublime qu'elles requièrent, les œuvres fondamentales qui sont l'ossature même de la société humaine ?

Depuis les mains qui en pétrissent la pâte jusqu'à

1. *Lettres de voyage* (Grasset), 20 février 1927, p. 103.

celles qui la consacrent, la grande Hostie universelle ne devrait être préparée et maniée qu'avec *adoration.*

Oh! vienne le temps où les Hommes, éveillés au sens de l'étroite liaison qui associe tous les mouvements de ce Monde dans l'unique travail de l'Incarnation, ne pourront se livrer à aucune de leurs tâches sans l'illuminer de cette vue distincte que leur travail, si élémentaire soit-il, est reçu et utilisé par un Centre divin de l'Univers [1]!

Créer, ou organiser, de l'énergie matérielle, de la vérité ou de la beauté, c'est un tourment intérieur qui enlève celui qui s'y hasarde à la vie paisible et reployée où gît proprement le vice de l'égoïsme et de l'attachement. Non seulement, pour être un bon ouvrier de la Terre, l'homme doit quitter une première fois sa tranquillité et son repos; mais il lui faut savoir abandonner sans cesse, pour des formes meilleures, les formes premières de son industrie, de son art, de sa pensée. S'arrêter à jouir, à posséder, serait une faute contre l'action. Encore et encore, il faut se surpasser, s'arracher à soi-même, laisser à chaque instant derrière soi les ébauches les plus aimées.

Pour qui tend convenablement sa voile au souffle de la Terre, un courant se décèle qui force à prendre toujours la plus haute mer. Plus un homme désire et agit noblement, plus il devient avide d'objets larges et sublimes à poursuivre. La seule famille, le seul pays, la seule face rémunératrice de son action ne lui suffisent bientôt plus.

1. *Le Milieu divin*, mars 1927 (Le Seuil), *La Sanctification de l'effort humain*, p. 57, 58.

Il lui faudra des organisations générales à créer, des voies nouvelles à frayer, des Causes à soutenir, des Vérités à découvrir, un Idéal à nourrir et à défendre. — Ainsi, peu à peu, l'ouvrier de la Terre ne s'appartient plus. Petit à petit, le grand souffle de l'Univers, insinué en lui par la fissure d'une action humble mais fidèle, l'a dilaté, soulevé, emporté [1].

Dans le rythme général de la vie chrétienne, développement et renoncement, attachement et détachement, ne s'excluent pas. Ils s'harmonisent au contraire, comme, dans le jeu de nos poumons, l'aspiration de l'air et son expiration. Ce sont les deux temps de la respiration de l'âme, — ou, si l'on préfère, les deux composantes de l'élan par lequel elle prend continuellement pied sur les choses pour les dépasser [2].

La Matière se divise, relativement à notre effort, en deux zones : l'une dépassée ou atteinte, vers laquelle nous ne saurions nous retourner, ou sur laquelle nous ne saurions nous fixer, sans descendre; c'est la zone de la Matière *prise matériellement et charnellement,* l'autre, présentée à nos efforts nouveaux de progrès, de recherche, de conquête, de « divinisation » : c'est la zone de la Matière *prise spirituellement*. Et la limite entre ces deux zones est essentiellement relative et mobile. Ce qui est bon, sancti-

1. *Le Milieu divin,* mars 1927 (Le Seuil), *Le Détachement par l'action,* p. 64, 65.
2. *Ibid., Attachement et détachement,* p. 111.

fiant, spirituel, pour mon frère qui est au-dessous ou à côté de moi sur la montagne, est peut-être mauvais, pervertissant, matériel pour moi-même. Ce que je devais m'accorder hier, je dois peut-être me le refuser aujourd'hui [1].

Sans quitter le Monde, enfonçons-nous en Dieu. Là et de là, en lui et par lui, nous tiendrons tout et nous commanderons tout. Toutes les fleurs et les lumières que nous aurons dû abandonner pour être fidèles à la vie, un jour, nous retrouverons là leur essence et leur éclat. Les êtres que nous désespérions d'atteindre et d'influencer, ils sont là, tous réunis par la pointe la plus vulnérable, la plus réceptive, la plus enrichissante de leur substance. En ce lieu, le moindre de nos désirs et de nos efforts est recueilli, conservé, et peut faire instantanément vibrer toutes les moelles de l'Univers [2].

Supprimée la réalité historique du Christ, l'omniprésence divine qui nous enivre devient semblable à tous les autres rêves de la Métaphysique : incertaine, vague, conventionnelle, — sans contrôle expérimental décisif pour s'imposer à nos esprits, — sans directrices morales pour s'assimiler nos vies. Dès lors, si éblouissants soient les accroissements que nous essaierons dans un instant de discerner dans le divin Ressuscité, leur charme et leur

1. *Le Milieu divin*, mars 1927 (Le Seuil), *La Puissance spirituelle de la matière*, p. 125.
2. *Ibid.*, *Les Attributs du Milieu divin*, p. 138.

étoffe de réalité demeureront toujours suspendus à la vérité palpable et contrôlable de l'événement évangélique [1].

La pureté, au grand sens du mot, ce n'est pas seulement l'absence de fautes (qui n'est de la pureté qu'une face négative), ni même la chasteté (qui n'en représente qu'un remarquable cas particulier). C'est la rectitude et l'élan que met dans nos vies l'amour de Dieu cherché en tout par-dessus tout.

Est spirituellement impur l'être qui, s'attardant dans la jouissance, ou se reployant dans l'égoïsme, introduit, en soi et autour de soi, un principe de ralentissement et de division dans l'unification de l'Univers en Dieu.

Est pur, au contraire, celui qui, suivant sa place dans le Monde, cherche à faire dominer sur son avantage immédiat ou momentané la préoccupation du Christ à consommer en toutes choses.

Est de plus en plus pur celui qui arrive, attiré par Dieu, à donner à cet élan, à cette traversée, une continuité, une intensité, une réalité de plus en plus grandes, — soit que par vocation il ait toujours à se mouvoir (bien que de plus en plus spirituellement) dans les mêmes zones matérielles du Monde, — soit que, plus ordinairement, il accède à des régions où le Divin remplace peu à peu pour lui les autres nourritures terrestres.

Ainsi comprise, la pureté des êtres se mesure au degré d'attraction qui les porte vers le Centre divin, — ou, ce qui revient au même, à la proximité où ils se trouvent de

1. *Le Milieu divin*, mars 1927 (Le Seuil), *Les Attributs du Milieu divin* p. 140-141.

ce Centre. Elle s'entretient, nous dit l'expérience chrétienne, par le recueillement, la prière mentale, la pureté de conscience, la pureté d'intention, les sacrements...

Dans un de ses Contes, Benson imagine qu'un « voyant » arrive dans la chapelle isolée où prie une religieuse. Il entre. Or, voici qu'autour de ce lieu ignoré, il voit soudain le Monde entier se nouer, se mouvoir, s'organiser, au gré de l'intensité et de l'inflexion des désirs de la chétive orante. La chapelle du couvent était devenue comme le pôle autour duquel tournait la Terre. Autour d'elle-même, la contemplative sensibilisait et animait toutes choses parce qu'elle croyait; et sa foi était opérante parce que son âme, très pure, la plaçait tout près de Dieu.

Si nous étions aussi capables de percevoir la « lumière invisible » que les nuées, la foudre ou les rayons solaires, les âmes pures nous paraîtraient, en ce Monde, aussi actives, par leur seule pureté, que les sommets neigeux dont les cimes impassibles aspirent continuellement pour nous les puissances errantes de la haute atmosphère.

Accueillons et nourrissons jalousement toutes les forces d'union, de désir, d'oraison, que la grâce nous présente. Par le seul fait que notre transparence augmentera, la lumière divine, qui ne cesse de presser sur nous, fera irruption davantage.

Avons-nous quelquefois songé au sens du mystère de l'Annonciation ?

Quand le moment fut venu où Dieu avait résolu de réaliser à nos yeux son Incarnation, il lui fallut susciter au préalable, dans le Monde, une vertu capable de l'attirer jusqu'à nous. Il avait besoin d'une Mère qui l'engendrât dans les sphères humaines. Que fit-il alors ? Il créa la Vierge Marie, c'est-à-dire, il fit apparaître sur Terre une pureté si grande, que, dans cette transparence, il se concentrera jusqu'à apparaître Petit Enfant.

Voilà, exprimée dans sa force et sa réalité, la puissance de la pureté à faire naître le Divin parmi nous.

Et cependant l'Église ajoute, en s'adressant à la Vierge Mère : « *Beata quæ credidisti*[1]. » C'est dans la foi que la pureté trouve l'achèvement de sa fécondité.

La foi, telle que nous l'entendons ici, ce n'est pas, bien sûr, la seule adhésion intellectuelle aux dogmes chrétiens. C'est, dans un sens beaucoup plus riche, la croyance en Dieu chargée de tout ce que la connaissance de cet Être adorable peut susciter en nous de confiance en sa force bienfaisante. C'est la conviction pratique que l'Univers, entre les mains du Créateur, continue à être l'argile dont il pétrit à son gré les possibilités multiples. C'est, en un mot, *la foi évangélique*, dont on peut dire qu'aucune vertu, même la charité, n'a été recommandée plus instamment par le Sauveur.

Croyons-nous ? Tout s'illumine et prend figure autour de nous : le hasard s'ordonne, le succès prend une plénitude incorruptible, la douleur devient une visite et une caresse de Dieu. Hésitons-nous ? Le rocher reste sec, le ciel noir, les eaux traîtresses et mouvantes. Et nous pourrions entendre la voix du Maître, en face de notre vie gâchée : « O Hommes de peu de foi, pourquoi donc avez-vous douté ? ...»

1. Lc. 1, 45. Bienheureuse toi qui as cru.

Dieu se présente et se donne aux âmes avec une réalité et une richesse tout à fait diverses, suivant la foi, la fidélité, la pureté, que son influence rencontre. Imaginons la même réussite ou le même naufrage, enveloppant un groupe humain : cet événement unique aura autant de faces, de finalités, d' « âmes » différentes que d'individus affectés. Aveugle, absurde, indifférent, matériel, pour celui qui n'aime ni ne croit, il sera lumineux, providentiel, chargé de sens et de vie, pour celui-là qui est parvenu à voir et à toucher Dieu partout. Il y a autant de sur-animations diverses par Dieu des causes secondes qu'il existe de confiances et de fidélités humaines.

Avant de s'occuper des autres (pour pouvoir s'occuper des autres) le fidèle doit assurer sa sanctification personnelle, non par égoïsme, mais avec cette forte et large conscience que, pour une part infinitésimale et incommunicable, nous avons chacun le Monde entier à diviniser.

Notre effort mystique individuel attend un complément essentiel de sa réunion avec celui de tous les autres hommes.

Lors même donc que le Chrétien avide de vivre en Dieu aurait donné à ses désirs toute la pureté, à ses prières toute la foi, à son action toute la fidélité possibles, d'immenses possibilités s'ouvriraient encore à la divinisation de son Univers. Il lui resterait à raccorder son œuvre élémentaire à celle de tous les ouvriers qui l'entourent [1].

1. *Le Milieu divin*, mars 1927 (Le Seuil), *Les Accroissements du Milieu divin*, p. 165-166, 167, 167-168, 168-169, 171, 179-180, 182.

L'attente, — l'attente anxieuse, collective et opérante d'une Fin du Monde, c'est-à-dire d'une Issue pour le Monde, — est la fonction chrétienne par excellence, et le trait le plus distinctif peut-être de notre religion.

Historiquement, l'attente n'a jamais cessé de guider, comme un flambeau, les progrès de notre Foi. Les Israélites ont été de perpétuels « expectants »; — et les premiers chrétiens aussi. Car Noël, qui aurait dû, semble-t-il, inverser nos regards et les concentrer sur le Passé, n'a fait que les reporter plus loin encore en avant. Un instant apparu parmi nous, le Messie ne s'est laissé voir et toucher que pour se perdre, une fois encore, plus lumineux et plus ineffable, dans les profondeurs de l'avenir. Il est venu. Mais maintenant, nous devons l'attendre encore et de nouveau, — non plus un petit groupe choisi seulement, mais tous les hommes — plus que jamais. Le Seigneur Jésus ne viendra vite que si nous l'attendons beaucoup. C'est une accumulation de désirs qui doit faire éclater la Parousie.

Chrétiens, chargés après Israël de garder toujours vivante sur Terre la flamme du désir, vingt siècles seulement après l'Ascension, qu'avons-nous fait de l'attente ?

L'attente du Ciel ne saurait vivre que si elle est incarnée. Quel corps donnerons-nous à la nôtre aujourd'hui ?

Celui d'une immense espérance *totalement humaine*. Regardons autour de nous la Terre. Que se passe-t-il sous nos yeux, dans la masse des peuples ? D'où vient ce désordre dans la Société, cette agitation inquiète, ces vagues qui se gonflent, ces courants qui circulent et se joignent, ces poussées troubles, formidables et nouvelles ? — L'Humanité, visiblement, traverse une crise de croissance. Elle prend obscurément conscience de ce qui lui manque et de ce qu'elle peut. Devant elle, l'Univers devient lumineux comme l'horizon d'où va jaillir le Soleil. Elle pressent, donc, et elle attend.

Nous ne devons pas hésiter, nous disciples du Christ, à capter cette force qui a besoin de nous et qui nous est nécessaire. Nous devons, au contraire, sous peine de la laisser se perdre et de dépérir nous-mêmes, participer aux aspirations, d'essence authentiquement religieuse, qui font si puissamment sentir aux Hommes d'aujourd'hui l'immensité du Monde, la grandeur de l'esprit, la valeur sacrée de toute vérité nouvelle. C'est à cette école que notre génération chrétienne réapprendra à attendre.

Il ne saurait pas plus y avoir deux sommets au Monde que deux centres à une circonférence. L'Astre que le Monde attend, sans savoir encore prononcer son nom, sans apprécier exactement sa vraie transcendance, sans pouvoir même distinguer les plus spirituels, les plus divins de ses rayons, c'est forcément le Christ même que nous espérons. Pour désirer la Parousie, nous n'avons qu'à laisser battre en nous, en le christianisant, le cœur même de la Terre.

Pourquoi donc, hommes de peu de foi, craindre ou bouder les progrès du Monde ? Pourquoi multiplier imprudemment les prophéties et les défenses : « N'allez pas... n'essayez pas... tout est connu : la Terre est vide et vieille : il n'y a plus rien à trouver... »

Tout essayer pour le Christ ! Tout espérer pour le Christ « *Nihil intentatum* [1] ! » Voilà, juste au contraire, la véritable attitude chrétienne. Diviniser n'est pas détruire,

1. « Rien qui ne soit tenté. »

mais surcréer. Nous ne saurons jamais tout ce que l'Incarnation attend encore des puissances du Monde. Nous n'espérerons jamais assez de l'unité humaine croissante.

Lève la tête, Jérusalem. Regarde la foule immense de ceux qui construisent et de ceux qui cherchent. Dans les laboratoires, dans les studios, dans les déserts, dans les usines, dans l'énorme creuset social, les vois-tu, tous ces hommes qui peinent ? Eh bien ! tout ce qui fermente par eux, d'art, de science, de pensée, tout cela c'est pour toi. — Allons, ouvre tes bras, ton cœur, et accueille, comme ton Seigneur Jésus, le flot, l'inondation, de la sève humaine. Reçois-la, cette sève, — car, sans son baptême, tu t'étioleras sans désir, comme une fleur sans eau; et sauve-la, puisque, sans ton soleil, elle se dispersera follement en tiges stériles [1].

Je pense quelquefois que la meilleure façon de faire triompher une attitude, c'est de la vivre le plus fidèlement possible. Faisons-le ensemble, n'est-ce pas ?

Vous avez raison de vous jeter à corps perdu dans la foi, c'est-à-dire dans l'abandon au Monde animé par Dieu : tout ce qui nous est demandé, c'est d'essayer toujours de monter vers le plus large et le plus clair, sans lâcher aucun de ces deux fils : la loyauté vis-à-vis de nous-même, et l'attachement à l'Église [2].

1. *Le Milieu divin*, mars 1927 (Le Seuil), *L'Attente de la parousie*, p. 196-197, 199, 200, 200-201, 201-202.

2. *Lettres à Léontine Zanta* (Desclée De Brouwer), Tien-Tsin, 7 mai 1927, p. 87.

Fiez-vous au Monde animé par Notre Seigneur et le Monde vous sauvera. Je pense que, comme dans l'Évangile, les eaux mouvantes nous portent à mesure que nous osons marcher sur elles, pourvu que ce soit dans la direction et l'amour de Dieu [1].

Nous avons souvent dit qu'il fallait aujourd'hui des hommes qui sanctifient la Matière en menant « religieusement » l'effort humain. De cet effort, vous expérimentez la part la plus rebutante, et souvent la moins pure. Raison de de plus pour que votre immersion dans ces eaux troubles soit un baptême de sanctification pour vous, et de sublimation pour les zones obscures où vous êtes provisoirement plongé. Vous consacrez cela aux yeux de Dieu [2]...

Continuez, si vous le pouvez, à vous mettre, chaque jour, le matin, en contact et en conformité avec l'Unique Agissant et l'Unique nécessaire!... — C'est la grande source [3].

Non seulement adoucir, mais développer. Non seulement réparer, mais construire. Pour notre génération

1. *Lettres à Léontine Zanta* (Desclée De Brouwer), Le Chambon (propriété de Marguerite Teillard), 22 août 1928, p. 89.
2. A Max-H. Bégouën, 29 août 1928, *Réflexions sur le bonheur* (Le Seuil), p. 20-21.
3. *Lettres à Léontine Zanta* (Desclée De Brouwer), Obock, 24 janvier 1929, p. 98.

aimer les Hommes ne peut signifier autre chose que ceci : se vouer de toutes ses forces, de tout son cœur à l'effort humain.

La participation aux travaux et aux aspirations humaines, loin d'être un accessoire dans l'œuvre salvifique, est le noyau psychologiquement primordial sur lequel tombe (ou duquel naît) en chaque Homme la Foi et le don de soi-même au Surnaturel [1].

Je tends à croire que la source de la plupart de nos faiblesses est à chercher dans ce fait que nous ne « croyons », ni jusqu'au bout, ni sur assez large : s'arrêter de croire une seconde trop tôt, ou croire à un objet de pas assez, peut suffire à ruiner tout l'édifice que nous construisons [2].

Veillez seulement à maintenir en vous le suprême attachement à ce qui est plus grand et plus inattingible que tout. C'est *cela* qui vous donnera cette sorte de dureté et d'insensibilité apparentes dont vous me parlez justement : *cela,* c'est-à-dire l'amour fondamental et dominant d'un Divin qui est toujours plus haut et toujours plus loin que tout ce que nous rencontrons. En somme, continuez à croire, à croire « éperdument » au prix des êtres, et à l'indéfinie puissance du Monde, à s'assouplir,

1. *Le Sens humain* (inédit), février-mars 1929.
2. *Lettres à Léontine Zanta* (Desclée De Brouwer), Pékin, 15 avril 1929, p. 101.

et à s'enrichir, et à s'animer divinement, à la mesure de notre effort croyant. — Je suis de plus en plus convaincu, en ce qui me concerne, que notre pire faiblesse est de ne pas oser croire, ni assez longtemps, ni assez vaste. Un seul élément excepté de notre foi (que ce soit l'insuccès, ou la mort, ou l'étroitesse d'une Institution ou d'un homme), — une seule minute de « pas assez » dans l'exercice de cette foi, et tout l'édifice branle[1].

Il faut bien comprendre ceci, une fois pour toutes, — et le faire entendre. Même admise la conception transformiste, la place reste entière, plus béante que jamais, dans la Nature, pour une Puissance créatrice première. Et même, bien mieux, une création de type évolutif (Dieu *faisant se faire* les choses) a semblé, depuis longtemps, à de très grands esprits la forme la plus belle que nous puissions imaginer pour l'opération divine dans l'Univers. N'est-ce pas saint Thomas qui, comparant la perspective (fixiste, dirions-nous aujourd'hui) des Latins comme saint Grégoire, à la perspective « évolutionniste » des Pères grecs et de saint Augustin, a dit, de cette dernière, « Magis placet[2] » (II Sent. d. 12; g. 1, a. 1)[3]?

1. A Max-H. Bégouën, Tien-Tsin, 27 avril 1929, *Réflexions sur le bonheur* (Le Seuil), Témoignage, p. 21.
2. Cela semble meilleur.
3. *La Vision du passé* (Le Seuil), *Que faut-il penser du transformisme ?*, mai 1929, p. 217.

L'individu eſt lié à l'ensemble, — il s'y prolonge : il ne peut donc opérer entièrement la transposition (le retournement) de son aƈtivité à lui que si l'ensemble se retourne, lui aussi, dans le même sens. Or, les ensembles remuent lentement. Longtemps encore, dès lors, les gens qui vous ressemblent devront se résigner à vivre en partie paralysés et incompris. — Mais toute l'hiſtoire eſt là pour nous assurer qu'ils finiront par tout animer à leur image. Il me semble que les deux difficultés dont vous me parlez : (chriſtianisation de l'argent, transposition des sentiments) ont leur source dans cette dysharmonie, ce retard, entre l'éveil individuel (que vous éprouvez) et l'éveil colleƈtif (si lent à se produire)...

... Pour l'argent, il eſt sûr que, présentement, sa conquête eſt intimement liée à un réseau d'immoralités; — mais je me demande si ces injuſtices dans *l'accumulation* ne sont pas le simple reflux sur la phase « accumulation » des excès et des égoïsmes qui corrompent la phase « d'utilisation ». On eſt pirate parce qu'on eſt jouisseur.

Vous vous trouvez encore en plein milieu des pirates. Vous ne pouvez donc pas plus vivre entièrement votre idéal de conquête chrétienne de l'argent qu'un État isolé ne pourrait aujourd'hui se désarmer entièrement : le Monde ne peut se convertir que *tout à la fois* à la conquête désintéressée de l'or, comme au bon pacifisme. — Ce n'eſt pas une raison pour désespérer. — La conversion du bloc se prépare par les tentatives individuelles. — En attendant, je persiſte à le croire : si l'argent eſt bien, comme il semble, le sang de l'aƈtivité humaine, — il doit être éminemment spiritualisable, — comme tout l'Humain [1].

Plus j'avance dans la vie, plus je sens que le vrai repos consiste à « se renoncer » à soi-même, c'est-à-dire à admettre résolument que cela n'a aucune importance d'être « heureux » ou « malheureux » (au sens courant de ces mots). Réussite ou satisfaction personnelle ne méritent pas qu'on s'y arrête si on les a, ni qu'on se trouble si elles échappent ou tardent. Seule vaut l'action fidèle, pour le Monde, en Dieu. Pour arriver à voir cela et à en vivre, il y a une sorte de pas à franchir, ou de retournement à faire subir à ce qui paraît l'habitude générale des hommes. Mais ce geste, une fois exécuté, quelle liberté pour travailler, et pour aimer! Je te l'ai dit à plusieurs reprises : ma vie est maintenant toute envahie par ce « désintérêt » que je sens grandir pour moi-même, en même temps que continue à croître le goût profond qui m'appelle pour tout ce qui est réel au fond du réel [2].

Vous tenez, en vous, la seule vraie richesse : une âme agrandie et nouvelle. Veillez sur elle, et pour cela, faites toute confiance à la grande Présence supérieure qui vous l'a donnée. Il est naturel que, sentant en vous cette force, vous lui cherchiez, un peu anxieusement, des pro-

1. A Max-H. Bégouën, Tien-Tsin, 17 juin 1929, *Réflexions sur le bonheur* (Le Seuil), Témoignage, p. 23.
2. *Lettres de voyage* (Grasset), 30 octobre 1929, p. 126.

longements et une application. Je souhaite que la vie vous fournisse cette grande joie de tomber sur un buisson comme une étincelle (« *Sicut scintilla in arundineto*[1] », dit quelque part l'Écriture). Mais, pour garder la plénitude de votre paix et de vos forces, rappelez-vous que votre existence serait déjà suffisamment justifiée si vous n'arriviez pas à répandre autant que vous le souhaiteriez, le feu qui est en vous. Tous, nous passons notre vie à attendre le grand jour de la grande bataille ou de la puissante action. Cette consommation extérieure n'est pas donnée à beaucoup. Elle n'est pas nécessaire. Que notre être soit tendu, et tout ardent, vers ce qui est l'Esprit en tout — et cet Esprit se dégagera, sous notre effort obscur et anonyme. — Voilà la confiance tenace qui doit dominer et comme couvrir les forces que vous vous sentez. Fussent-elles destinées à rester toujours fermées en vous-même, ou dans un cercle restreint, c'est déjà beaucoup, — c'est l'essentiel, — qu'elles soient nées en vous, et qu'elles apportent à Dieu l'hommage du Monde[2].

« En quoi, vous demandez-vous, la réussite d'un effort commercial entraîne-t-elle un progrès moral ? » Je vous répondrai : « En ceci, que, tout se tenant dans le Monde en voie d'unification, — le succès spirituel de l'Univers est lié au bon fonctionnement de *toutes* les zones de cet Univers, et notamment au dégagement de toutes les énergies possibles dans cet Univers. » Parce que votre

1. D'après Sag. III, 7 : Au jour de sa visite ils resplendiront, ils courront comme des étincelles à travers le chaume.

2. A Max-H. Bégouën, 11 novembre 1929, *Réflexions sur le bonheur* (Le Seuil), Témoignage, p. 24.

entreprise, morale, je le suppose, marche favorablement, un peu plus de santé se répand dans la masse humaine, — et par suite, un peu plus de liberté pour agir, pour penser et pour aimer. Quoi que nous fassions, nous pouvons et devons le faire avec la conscience (élargissante et fortifiante) de travailler atomiquement à réaliser un effet qui *(même dans sa réalité tangible)* est requis, au moins indirectement, par le Corps du Christ. A cette valeur de l'œuvre, à cela s'ajoute, comme vous le dites, la valeur de l'action elle-même, — laquelle, par sa fidélité même, crée, en nous-même, la personnalité que le Christ attend de nous. Notre âme (en elle-même, et dans sa situation au sein de l'Univers) est la première des œuvres qui nous incombe. Parce que vous agissez du mieux possible (même dans l'insuccès) vous vous constituez dans le Monde, et vous aidez le Monde à se constituer autour de vous. Comment ne vous sentiriez-vous pas, alors, traversé, par moments, par l'immense joie de la Création ? Ne vous reprochez pas cette joie, ni ne vous en inquiétez, pourvu qu'elle ne soit pas, en quelque manière, la joie de Max, dans le Monde, mais la joie du Monde en Max. Entre ces deux joies, il y a une différence totale (leurs sens sont directement contraires), encore que, vues du dehors, elles paraissent les mêmes. Sachez les distinguer pour choisir la bonne. L'effet de « la bonne » sera de vous attirer, graduellement, toujours plus loin de vous-même. A ce signe, vous la reconnaîtrez. Laissez-vous faire par elle : et, petit à petit, vous ne songerez même plus à vous demander si vous avez le droit d'être heureux de votre joie, parce qu'il vous paraîtra parfaitement insipide d'être *heureux de vous-même*. Vous serez heureux dans le Monde et du Monde en Dieu. Mais ne forcez pas en vous le développement de ces états spirituels. Attachez-vous seulement à chercher toujours le plus grand au fond de tout ce que la vie vous présente de plus hautement humain. Ne soyez satisfait que par le goût d'infini reconnu dans tous les aliments de la Terre. La transformation intérieure se fera d'elle-même, comme croissent spontanément nos corps mis dans des circonstances favorables [1].

L'Amour est la plus universelle, la plus formidable, et la plus mystérieuse des énergies cosmiques. A la suite de tâtonnements séculaires, les institutions sociales l'ont extérieurement endigué et canalisé.

Immense, ubiquiste, et toujours insoumise, — il semble qu'on ait fini par désespérer de comprendre et de capter cette force sauvage. On la laisse donc (et on la sent) courir partout, sous notre civilisation, lui demandant tout juste de nous amuser, ou de ne pas nuire... Est-il vraiment possible à l'Humanité de continuer à vivre et à grandir sans s'interroger franchement sur ce qu'elle laisse perdre de vérité et de force dans son incroyable puissance d'aimer ?

— Vers l'Homme, à travers la Femme, c'est en réalité l'Univers qui s'avance. Toute la question (la question vitale pour la Terre...) c'est qu'ils se reconnaissent.

Si l'Homme ne reconnaît pas la véritable nature, le véritable objet de son amour, c'est le désordre irrémédiable et profond. Acharné à assouvir sur une chose trop petite

1. A Max-H. Bégouën, 8 avril 1930, *Réflexions sur le bonheur* (Le Seuil), Témoignage, p. 25-26.

une passion qui s'adresse à Tout, il cherchera forcément à combler, par la matérialité ou la multiplicité toujours accrues de ses expériences, un déséquilibre fondamental. Vaines tentatives, — et, aux yeux de qui entrevoit la valeur inestimable du « quantum spirituel » humain, effroyable déperdition. — Laissons de côté, voulez-vous bien, toute impression sentimentale, et tous scandales vertueux. Mais regardons très froidement, en biologistes ou en ingénieurs, l'atmosphère rougeoyante de nos grandes villes, le soir. Là, — et partout, du reste, — la Terre dissipe continuellement, en pure perte, sa plus merveilleuse puissance. La Terre brûle « à l'air libre ». Combien d'énergie, pensez-vous, se perd-il, en une nuit, pour l'Esprit de la Terre ?...

Que l'Homme, en revanche, aperçoive la Réalité universelle qui brille spirituellement à travers la chair. Il découvrira, alors, la raison de ce qui, jusque là, décevait et pervertissait son pouvoir d'aimer. La Femme est devant lui comme l'attrait et le Symbole du Monde. Il ne saurait l'étreindre qu'en s'agrandissant, à son tour, à la mesure du Monde. Et parce que le Monde est toujours plus grand, et toujours inachevé, et toujours en avant de nous-mêmes, — c'est à une conquête sans limite de l'Univers et de lui-même que, pour saisir son amour, l'Homme se trouve engagé. En ce sens, l'Homme ne saurait atteindre la Femme que dans l'Union universelle consommée. — L'Amour est une réserve sacrée d'énergie, — et comme le sang même de l'Évolution spirituelle : voilà ce que nous découvre, en premier lieu, le Sens de la Terre.

Le Monde, en croissant, est-il condamné à mourir automatiquement, étouffé sous l'excès de son propre poids ?

Non point, répondrons-nous : mais il est en voie de ramasser en soi les éléments d'un corps supérieur et nouveau.

L'âge des nations est passé. Il s'agit maintenant pour nous, si nous ne voulons pas périr, de secouer les anciens préjugés, et de construire la Terre.

La Recherche a pu longtemps passer parmi les Hommes pour un accessoire, une bizarrerie ou un danger. Le moment est venu, proche, où nous nous apercevrons qu'elle est la plus haute des fonctions humaines, — absorbant en soi l'esprit de la Guerre, et resplendissant de l'éclat des Religions. Faire constamment pression sur toute la surface du Réel, n'est-ce pas le geste par excellence de la fidélité à l'Être, — et donc de l'adoration ? Tout cela, si nous savons ne pas étouffer en nous l'Esprit de la Terre.

Mais que nul ne s'y trompe. Celui qui veut participer à cet Esprit doit mourir, puis renaître, aux autres et à lui-même. Il lui faut, pour accéder à ce plan supérieur d'Humanité, non seulement réfléchir, voir intellectuellement une situation particulière, — mais opérer, dans le fond même de sa façon d'apprécier et d'agir, une totale transposition. En lui, *un nouveau plan* (individuel, social et religieux) *doit en éliminer un autre.* Ceci veut dire tourments intérieurs et persécutions. *La Terre ne prendra conscience d'elle-même qu'à travers la crise de la Conversion*[1].

Il est certain que la valeur de notre Idéal va être définitivement appréciée à la manière dont vous y pui-

1. *L'Énergie humaine* (Le Seuil), *L'esprit de la Terre,* 9 mars 1931, p. 40, 41-42, 45-46, 47.

serez la stabilité et la sérénité au cours des événements actuels : rester ce que vous êtes, sans rien briser, dans la douceur et la fermeté [1].

Savoir plus, et pouvoir plus, afin d'être plus pris par Dieu. Cette ambition a pu paraître coupable à l'aurore de l'Humanité, quand les premières énergies déchaînées se retournaient contre leurs audacieux libérateurs. Elle a pu sembler oiseuse aux premiers chrétiens quand l'Univers physique semblait n'avoir ni passé ni avenir. Elle est devenue pour nous la plus belle expression du devoir moral et de l'adoration, maintenant que nous avons compris la valeur de l'œuvre qui se poursuit à travers nos vies [2].

On l'a déjà dit, mais sans aller assez profond dans la signification des mots : la crise actuelle est une crise spirituelle.

L'Humanité présente hésite et souffre, au comble de sa puissance, parce qu'elle n'a pas défini son pôle spirituel. Elle manque de Religion.

La Croix n'est pas une ombre de mort, — mais un signe de progrès. Le Christianisme ne verse pas l'opium

1. A Édouard Le Roy, Suchow, 21 décembre 1931.
2. *La Route de l'Ouest* (inédit), 8 septembre 1932.

d'une passivité défaitiste, mais la griserie lucide d'une réalité magnifique *à découvrir par une avancée sur tout le front de l'Univers*. En dépit de certaines gaucheries inévitables, il nous a rendus jusqu'ici, et cherche encore à nous rendre, *non pas inhumains, mais sur-humains.*

C'est une preuve reconnue, en Sciences, de la « réalité » d'un objet, même directement insaisissable (d'une masse atomique, par exemple), que de pouvoir être décelé, toujours le même, par une série de méthodes différentes. (...) Ainsi les choses se passent-elles, semble-t-il, pour le Christ. Des millions d'existences (et parmi les meilleures) se sont passées, depuis deux mille ans, et s'emploient encore à essayer, sur cet Objet mystérieux, les plus subtiles et les plus pénétrantes vérifications de l'expérience psychologique. A ce Christ une multitude d'intelligences et de cœurs ont demandé de les satisfaire dans leurs aspirations les plus exigeantes et les plus raffinées. *Et jamais il ne s'est trouvé en défaut.* Et toujours, au contraire, de cette épreuve (telle probablement qu'aucune autre réalité au monde n'en a jamais subi de pareille), il est sorti plus capable de provoquer autour de lui un effort plus merveilleusement synthétique de toutes nos facultés : Objet extraordinaire, en vérité, qui peut se saisir comme un élément expérimental, se poursuivre comme un idéal, se chérir comme une personne, s'adorer comme un Monde. *Cette capacité indéfinie de convenance à tout l'ordre physique et psychologique de notre Univers* n'a qu'une explication : le Christ qui va graduellement se découvrant à la pensée chrétienne n'est pas une imagination ni un symbole *(autrement il s'épuiserait ou se prendrait quelque part en défaut)*; mais il est, ou pour le moins il introduit, la réalité de ce que, par toute la structure de l'activité humaine, nous attendons [1].

Le bouddhiste *se nie* pour tuer le désir (il *ne croit pas* à la valeur de l'*être*). Le chrétien authentique fait le même geste *par excès* de désir et de foi sur la valeur de l'être. C'est un de ces cas où les mêmes apparences couvrent des réalités contraires. Il me paraît suprêmement important de démasquer l'équivoque. — Ceci ne veut pas dire, bien sûr, que, vitalement parlant, le renoncement bouddhiste n'ait pas de valeur morale. Mais il s'exprime en une théorie fausse (comme tant d'autres panthéismes) [2].

Adorer, autrefois, c'était préférer Dieu aux choses, en les lui référant et en les lui sacrifiant. Adorer, maintenant : cela devient se vouer corps et âme à l'acte créateur, en s'associant à lui pour achever le Monde par l'effort et la recherche.

Aimer le prochain, autrefois c'était ne pas lui faire de tort et panser ses blessures. La charité désormais, sans cesser d'être compatissante, se consommera dans la vie donnée pour l'avance commune.

Être pur, autrefois, c'était principalement s'abstenir, se garder des taches. La chasteté, demain, s'appellera surtout sublimation des puissances de la chair et de toute passion.

1. *Science et Christ* (Le Seuil), *Le Christianisme dans le monde*, mai 1933, p. 134-135, 140-141, 142-143.
2. Au R.P. Henri de Lubac, Tien-Tsin, le 8 octobre 1933.

Être détaché, autrefois, c'était ne s'intéresser aux choses et n'en prendre que le moins possible. Être détaché, ce sera de plus en plus dépasser successivement toute vérité et toute beauté par la force de l'amour qu'on leur porte.

Être résigné, autrefois, cela pouvait signifier acceptation passive des conditions présentes de l'Univers. Être résigné maintenant ne sera plus permis qu'au lutteur défaillant entre les bras de l'Ange.

Il semblait, jadis, n'y avoir que deux attitudes géométriquement possibles pour l'homme : aimer le Ciel ou aimer la Terre. Voici que dans l'espace nouveau, une troisième voie se découvre : aller au Ciel à travers la Terre[1].

A proprement parler, il n'y a donc pas de choses sacrées ou profanes, pures ou impures. Il y a seulement *un sens bon* et *un sens mauvais :* le sens de la montée, de l'unification élargissante, du plus grand effort spirituel; et le sens de la descente, de l'égoïsme rétrécissant, de la jouissance matérialisante. Suivies dans la direction qui mène en haut, toutes les créatures sont lumineuses. Saisies dans la direction qui mène en bas, elles se font obscures, et comme diaboliques. Leur passage couchera notre barque, ou au contraire la fera bondir en avant, suivant que dans leur souffle nous saurons tendre notre voile. Jusqu'ici l'ascèse tendait à rejeter : pour être saint, il fallait surtout se priver. Désormais, en vertu du nouvel aspect moral pris à nos yeux par la Matière, le détachement spirituel prendra la forme d'une conquête.

1. *Christologie et Évolution* (inédit), Noël 1933.

Et alors, maintenant, du point où je suis parvenu il me semble distinguer autour de moi les deux phases suivantes dans la transformation créatrice de l'amour humain. — Au cours d'une première phase de l'Humanité, l'Homme et la Femme, reployés sur le don physique et les soins de la reproduction, développent graduellement, autour de cet acte fondamental, une auréole grandissante d'échanges spirituels. Ce nimbe était d'abord une frange imperceptible. Peu à peu, c'est en lui qu'émigrent la fécondité et le mystère de l'union. Et puis, finalement, c'est en sa faveur que l'équilibre se rompt. Mais, à ce moment précis, le centre d'union physique d'où la lumière émanait se révèle impuissant à soutenir de nouveaux accroissements. Le foyer d'attraction se rejette brusquement, comme à l'infini, en avant. Et pour continuer à se saisir plus outre dans l'esprit, les amants ont à tourner le dos au corps, pour se poursuivre en Dieu. La virginité se pose sur la chasteté comme la pensée sur la vie : à travers un retournement, en un point singulier[1].

De nulle façon il[2] ne prolongerait plus exactement, ni plus magnifiquement son père qu'en étant missionnaire. Mais, au fond, il y a beaucoup de façons diverses de déployer le courage et le dévouement du missionnaire. Il faudra que peu à peu vous discerniez ce qui domine chez l'enfant : l'intellectuel, le pratique, ou « le mystique ». Il s'agit de sauvegarder ce côté profond, tout en l'animant par l'ambition fondamentale de se donner au service de la

1. *L'Évolution de la Chasteté* (inédit), 1934.
2. Claude Haardt.

création de quelque chose de *grand*. C'est cette atmosphère de « dévouement au plus grand que soi » que vous avez surtout à entretenir doucement, autour de Claude, en ce moment. Dans ce milieu-là, il prendra et choisira instinctivement la forme qui convient le mieux à sa nature. Bien entendu, rien ne vaut l'initiation à du Divin, et à l'amour de Dieu, pour donner à qui que ce soit le sens et le goût de la grandeur de la vie. Mais il faut veiller à ce que ce Divin soit révélé, vraiment, comme un principe d'épanouissement dans l'effort. Rien de mesquin. Rien qui fausse, en forçant. Rien qui dés-humanise, sous prétexte de sur-humaniser.

Exercez-vous à voir large, net et simple. Et allez tout droit, paisiblement, — sans vous inquiéter de ce qui se dit. « Une seule chose est nécessaire », à savoir trouver Dieu dans la vie accomplie. Vous le savez depuis longtemps en théorie, cherchez à l'expérimenter [1].

Je viens de lire votre précieux petit livre Dieu ou rien, qui vient d'atterrir sur nos plages lointaines. Permettez-moi de vous manifester la joie qu'il me cause. De votre voix si mesurée et si autorisée, vous commencez enfin à faire entendre la parole que je rêvais depuis si longtemps d'entendre résonner franchement dans l'Église. Si le Christanisme, j'en suis convaincu, a souvent tant de peine à garder sa vraie place dans la conscience des croyants, et aussi à séduire l'âme des Gentils, c'est principalement

1. A Mme G. M. Haardt, The National Geological Survey of China, 1er janvier 1934.

parce qu'il a parfois l'air de dédaigner ou de craindre la grandeur et l'unité de notre Univers. Dans vos pages, enfin, on sent passer, sans rien de factice, une sympathie passionnée pour l'œuvre du Monde, un esprit de Dieu nourri de l'esprit de la Terre. C'est cela que nous attendons... Je pense souvent que, pour notre humanité devenue certainement plus adulte aujourd'hui qu'elle ne l'était il y a deux mille ans, il faut, en quelque manière, une « renaissance » du Christ, le Christ se ré-incarnant, pour notre intelligence et notre cœur, dans les formidables dimensions nouvellement découvertes du Réel expérimental[1].

Réellement, le dernier geste de l'adoration (laquelle est l'acte humain par excellence) consiste à disparaître et à subir, dans un excès d'action. La passivité vraie n'est légitime, et ne s'obtient qu'au terme ou au maximum de l'activité. Toujours Jacob et l'Ange[2].

Ne jamais désarmer. Tâcher d'essayer sur un autre plan, le plus vrai, celui où la réussite ne se mesure pas à

1. Au R.P. Sertillanges, Peiping, 4 février 1934.
2. Gn. XXXII, 25 et s. : « Et quelqu'un lutta avec lui (*Jacob*) jusqu'au lever de l'aurore. Voyant qu'il ne le maîtrisait pas, il le frappa à l'emboîture de la hanche, et la hanche de Jacob se démit pendant qu'il luttait avec lui. Il dit : « lâche-moi car l'aurore est levée », mais Jacob répondit : « Je ne te lâcherai pas, que tu ne m'aies béni (...) Il reprit : « On ne t'appellera plus Jacob, mais Israël, car tu as été fort contre Dieu, et contre les hommes tu l'emporteras. » A l'Abbé C. Gaudefroy, The National Geological Survey of China, Péking, 14 juillet 1934.

l'épanouissement individuel, mais à la fidélité dans l'effort pour rendre autour de soi le monde moins dur et plus humain. Si, sous la pression des événements, tu en arrives à faire le sacrifice mental de toute ambition personnelle à un devoir plus haut, je suis persuadé que tu peux atteindre à un degré de libération et de lucidité extérieure que tu ne soupçonnes pas... Il faut arriver à conserver le goût substantiel de la vie et de l'action, tout en renonçant définitivement à être heureux pour soi-même. Là est le secret, non l'illusion du « milieu divin »[1].

Il me paraît psychologiquement inévitable que, avant deux ou trois générations, l'Humanité soit amenée à se poser *en masse* la question du sens et de la valeur de la peine qu'elle se donne; — et je ne doute guère que l'issue soit un acte de foi en l'Avenir. Car autrement ce serait la fin de l'Évolution. — Je pense, avec vous, que nous sommes à la veille de passer par un point critique, au-delà duquel ceux-là seulement continueront à chercher et à construire (c'est-à-dire à vivre), qui le feront *religieusement*[2].

Vous avez opté pour l'unité d'union. Et vous avez bien choisi. Mais comment précisément peut-elle atteindre sa perfection en vous deux, cette unité supérieure promise aux éléments qui se poursuivent au sein d'un principe

1. *Lettres de voyage* (Grasset), 23 septembre 1934, p. 180.
2. A l'Abbé C. Gaudefroy, (Dollar steamship Linos) On Board, avant Shanghai, 14 février 1935.

commun qui les rassemble ? Comment serez-vous vraiment plus un en étant deux ? — « En ne ralentissant jamais l'effort de devenir davantage vous-mêmes en vous donnant. »

L'union peut, à cause de la plénitude qu'elle apporte, prendre les apparences d'un terme et d'un repos. En réalité, rien plus qu'elle ne participe à la nature incessamment progressive de la vie. — Afin de pouvoir se prendre, il faut d'abord que les éléments préparent longuement en eux-mêmes les valeurs complémentaires qui se peuvent associer. Et, lorsqu'ils se sont enfin rencontrés, ils ne peuvent encore s'atteindre qu'en se portant toujours plus loin sur la ligne propre de leur achèvement. — La véritable union différencie dans la mesure même où elle rapproche. Elle est une incessante découverte et une continuelle conquête [1].

Personne n'est sans défauts; et certains défauts sont l'envers d'une qualité. L'essentiel n'est pas tant que Claude soit « parfait », — mais qu'il développe en lui-même la passion de quelque chose de plus grand que lui. Pour le moment, bien sûr, il est trop jeune pour pouvoir se définir un idéal. Mais qu'il grandisse avec un esprit éveillé, avide, — et même avec une pointe d'ambition. Qu'il cherche le mieux, et le plus élevé. Cette tendance, à elle seule, peut balayer tous les symptômes qui vous inquiètent. Bien entendu, il faudrait qu'en lui, parallèlement, se développe, à sa mesure, un certain goût du Divin...

1. *Sur le Bonheur* (Le Seuil). Allocution au mariage de M. et Mme de la Goublaye de Ménorval, 15 juin 1935, p. 82-83.

Une religion qui ne soit pas seulement du rite, des obligations ou des défenses, — mais une foi où se rattachent et s'épanouissent toutes les autres fois, — dans une lumière de Vie et de Personnalité. Voilà ce dont il a besoin, comme nous tous, pour développer tout ce qu'il a en lui [1].

Vous n'avez pas la force physique de réagir contre une invasion du passé, dont cependant il faudrait absolument que vous vous « exorcisiez », *dans la mesure* où ce passé vous affaiblit et vous attriste.

Je vous le répète : ne cherchez pas Georges-Marie en arrière, ni en Afrique, ni en Asie, ni dans les vestiges matériels qui vous sont naturellement chers. Il n'est plus là. Et il ne vous attend plus là. (...) C'est donc en Dieu que vous devez le chercher, c'est-à-dire *en avant,* dans la construction de votre vie renouvelée. Maintenant il vous comprend complètement, — et il désire vous voir le rejoindre par un effort à être plus personnelle et active. Soyez-lui fidèle *là,* et non point dans une sentimentalité rétrospective avec laquelle il vous faut avoir le courage de briser [2].

Ne vous découragez pas. La vérité de la vie est dans une espérance inconfusible que le soleil finira par dissiper

1. A Mme G. M. Haardt, Rawalpindi, 29 octobre 1935.
2. *Ibid.,* Tien-Tsin, 3 février 1936.

tous les nuages. Je vous l'ai dit, et je vous le répète. Malgré tout ce que vous pouvez sentir ou croire reconnaître avec évidence, votre vie n'est pas « finie ». Je suis persuadé qu'elle *commence*. Décidez-vous seulement à ne plus vivre dans le passé; — ce qui ne veut pas dire que vous oubliiez celui-ci, — mais seulement que votre manière (la vraie) de lui [1] être fidèle, doit consister à construire en avant, — c'est-à-dire à être digne de lui. Ne vous isolez donc pas. Ne vous repliez pas au fond de vous-même. Mais voyez le plus possible vos amis. *Donnez-vous*. C'est ce don qui vous libérera et vous épanouira. Je voudrais que vous trouviez un tas de gens et de choses auxquels, noblement, vous donner.

Rien n'est perdu pour vous, — j'entends pour la beauté et l'intérêt profond de votre vie. Seulement, je sais aussi que nulle parole ne peut être efficace si elle n'est pas prononcée par Dieu, à la source même de nos impressions et de notre pensée. Plus vous vous sentez perdue, plus vous devez vous jeter en Dieu [2].

Maintenant le problème de Dieu se pose à l'action humaine totale, et il ne peut être abordé que par l'effort total de la recherche et de l'expérience humaine. Non seulement Dieu donne une valeur pour toujours à l'effort humain mais sa révélation est une réponse à la totalité de l'effort humain [3].

1. Georges-Marie Haardt.
2. A Mme G. M. Haardt, The Geological Society of China, 5 avril 1936.
3. *Lettres de voyage* (Grasset), 13 juin 1936, p. 207.

Par l'explicitation des splendeurs du Christ Universel, le Christianisme, sans cesser d'être pour la Terre l'eau qui purifie, et l'huile qui adoucit, acquiert une vertu nouvelle. Par le fait même qu'il présente un But à la fois *immense, concret* et *sûr* aux aspirations de la Terre, il sauve celle-ci du désordre, des incertitudes, du dégoût qui sont les plus terribles dangers de demain. Il devient la flamme de l'Effort humain. Autrement dit, il se découvre comme la forme de Foi la plus appropriée aux besoins modernes : une religion pour le Progrès, — la religion même du progrès de la Terre, — j'oserais dire: la religion même de l'Évolution.

Le Christ s'offrant, non seulement comme le salut de l'âme « surnaturelle », mais de toute la construction physique qui conditionne les âmes; — le Christ se présentant, non perdu dans les nuées, mais ruisselant des énergies du Monde où il s'est immergé (« Christus amictus mundo »), le Christ, non plus condamnateur mais Sauveur du Monde moderne et de ses espérances en l'avenir : un tel Christ attirerait immédiatement à soi toute la partie vive de l'Humanité. Son amour se propagerait de la seule façon qui convienne à la vraie religion : comme du feu.

Pour convertir le Monde, il nous faut, chrétiens, multiplier nos missionnaires. Mais nous devons avant tout repenser, *de toute notre humanité,* notre Religion.

On ne convertit que ce qu'on aime : si le Chrétien n'est pas en pleine sympathie avec le monde naissant, — s'il *n'éprouve* pas en lui-même les aspirations et les anxiétés du monde moderne, — s'il ne laisse pas grandir dans son être le sens humain, — jamais il ne réalisera la synthèse libératrice entre la Terre et le Ciel d'où peut sortir la parousie du Christ-Universel. Mais il continuera à s'effrayer et à condamner presque indistinctement toute nouveauté, sans discerner, parmi les souillures et les maux, les efforts sacrés d'une naissance.

S'immerger pour émerger et soulever. Participer pour sublimer. C'est la loi même de l'Incarnation. Un jour, il y a déjà mille ans, les Papes, disant adieu au Monde romain, se décidèrent à « passer aux Barbares ». Un geste semblable, et plus profond, n'est-il pas attendu aujourd'hui ?

Je pense que le Monde ne se convertira aux espérances célestes du Christianisme que si préalablement le Christianisme se convertit (pour les diviniser) aux espérances de la Terre[1].

Si vraiment, comme nous l'avons admis, le Monde culmine en une réalité pensante, l'organisation des énergies personnelles humaines représente sur Terre le stade suprême de l'évolution cosmique; et la Morale, par suite, n'est rien de moins que l'aboutissement supérieur de la Mécanique et de la Biologie. Le Monde se construit finalement par des puissances morales; et la Morale, réciproquement, a pour fonction de construire le Monde : toute une appréciation nouvelle, conduisant à un programme renouvelé, de la Moralité.

Alors, le problème posé à la Morale n'est plus de conserver et de protéger l'individu, — mais de le guider si bien dans la direction de ses achèvements attendus que

1. *Science et Christ* (Le Seuil), *Réflexions sur la conversion du monde* 9 octobre 1936, p. 163, 165, 166.

la « quantité de Personnel » encore diffuse dans l'Humanité se dégage avec plénitude et sécurité. Le moraliste était jusqu'ici un juriste — ou un équilibriste. Il devient le technicien et l'ingénieur des énergies spirituelles du Monde[1].

Pourvu qu'il n'enlevât à autrui ni sa femme, ni ses biens, l'homme pouvait se croire autorisé à utiliser comme bon lui semblait, ou à laisser dormir la part de vie qui lui appartenait. Maintenant nous entrevoyons qu'aucune promesse et nul usage ne sont légitimes s'ils ne tendent à *faire servir* la puissance qu'ils détiennent. — La morale de l'argent était dominée par l'idée d'échange et de justice : autant, autant. Le niveau d'un liquide dans des vases communicants. Elle doit désormais obéir à l'idée d'énergie dans le mouvement : la richesse ne devenant *bonne* que dans la mesure où elle *travaille* dans la direction de l'Esprit. — La morale de l'amour, encore, était satisfaite par la fondation matérielle d'une famille, l'amour lui-même étant considéré comme un attrait secondaire subordonné à la procréation. Elle doit maintenant considérer comme son objet fondamental de faire rendre à cet amour, justement, l'incalculable puissance spirituelle qu'il est capable de développer entre les époux. — La morale de l'individu, enfin, était principalement ordonnée à l'empêcher de nuire. Elle lui interdira désormais toute existence neutre et « inoffensive », et l'obligera à l'effort de libérer jusqu'au bout son autonomie et sa personnalité.

1. *L'Énergie humaine* (Le Seuil), *Le Phénomène spirituel*, mars 1937, p. 131, 132.

A la morale d'équilibre, (« morale fermée ») le Monde moral pouvait sembler un domaine définitivement cerclé. A la morale de mouvement (« morale ouverte ») ce même Monde se présente comme une sphère supérieure de l'Univers bien plus riche que les sphères inférieures de la Matière en puissances inconnues et en combinaisons insoupçonnées. C'est sur l'Océan mystérieux des énergies morales à explorer et à humaniser que s'embarqueront les plus hardis navigateurs de demain [1].

Agir c'est créer, et créer c'est pour toujours. Action réfléchie et disparition totale prévue sont donc *cosmiquement incompatibles*. L'association, dès lors, dans un même courant évolutif, d'une Pensée et de la Mort suscite un conflit fondamental qui doit se terminer par la destruction d'un des deux termes en présence. Ou bien c'est l'Esprit qui, se reconnaissant dupe, se retirera du jeu. Ou bien c'est la Mort qui, soulevant son voile d'annihilation, prendra la figure de la Vie. Or, la première alternative entraînerait l'absurdité d'un Univers qui, victorieux jusqu'à l'Homme de l'inconscience, n'aurait réussi à faire naître en celui-ci la réflexion que pour se découvrir impuissant à la satisfaire. Reste donc la deuxième alternative, — à savoir que la Mort laisse subsister sous une forme, ou sous une autre, quelque part de nous-mêmes, à laquelle nous puissions nous intéresser et nous vouer comme à une parcelle d'absolu. Le terme auquel nous destine notre incorporation dans l'Univers doit, *pour être tel*, se présenter à nos espoirs comme *impérissable*.

1. *L'Énergie humaine* (Le Seuil), *Le Phénomène spirituel*, mars 1937, p. 133-134.

Ce que la Mort, pour ne plus être Mort, doit laisser filtrer à travers elle-même, ce n'est pas un résidu, mais c'est la plus précieuse essence de nos êtres : non point le plus primitif et le plus inconscient, mais le plus évolué et le plus réfléchi de nous-mêmes. En chacun de nous, par le long travail du Passé d'abord, et par les soins de notre liberté individuelle ensuite, se forme graduellement un noyau de perspective et d'action, un « moi », une *personne.*

Eh bien, c'est de cet élément-là et de nul autre, que, dans l'intérêt même du Monde à sauver en nous, la consistance finale nous importe.

« Aimez-vous les uns les autres. » Il y a deux mille ans que ces paroles ont été prononcées. Mais aujourd'hui c'est avec un ton très différent qu'elles viennent de nouveau sonner à nos oreilles. Pendant des siècles, charité, fraternité, ne pouvaient nous être présentées que comme un code de perfection morale, ou encore comme une méthode pratique pour diminuer les frottements et les peines de la vie terrestre. Or, depuis que se sont révélées à notre esprit, d'une part l'existence de la Noosphère, et d'autre part la nécessité vitale où nous nous trouvons de sauver celle-ci, la voix qui parle se fait plus impérieuse. Elle ne dit plus seulement : « Aimez-vous, pour être parfaits », mais elle ajoute « aimez-vous, ou vous périrez »[1].

Pour l'humaniste chrétien, — fidèle en cela à la plus sûre théologie de l'Incarnation, — il n'y a pas actuelle

1. *L'Énergie humaine* (Le Seuil), 6 août-8 septembre 1937, p. 175, 177, 189.

indépendance ni discordance, mais subordination cohérente, entre la genèse de l'Humanité dans le Monde et la genèse du Christ, par son Église, dans l'Humanité.

La Vie pour l'Homme. L'Homme pour le Christ. Le Christ pour Dieu.

Et, pour assurer la continuité psychique, à toutes ses phases, de ce vaste développement, étendu à des myriades d'éléments disséminées dans l'immensité des temps, un seul mécanisme : l'éducation.

Toutes les lignes se rejoignent, et se complètent, et se bouclent. Tout ne fait plus qu'un.

D'où, en résumé et en fin de compte, la perspective suivante, révélatrice de ce qui se dissimule de gravité, d'unité, mais aussi de complexité, sous la tâche, en apparence si humble, de l'éducateur chrétien.

Collaborateur immédiat de la création, l'éducateur doit puiser le respect et le goût de son effort dans un sens profond et communicatif des développements déjà atteints ou attendus par la nature. Chacune de ses leçons doit aimer et faire aimer ce qu'il y a de plus invincible et de plus définitif dans les conquêtes de la Vie.

Avoir vécu et compris, pour le faire vivre et comprendre, que tout enrichissement humain, quel qu'il soit, n'est que poussière, à moins qu'il ne devienne la plus précieuse, la plus incorruptible des choses en s'agrégeant à un centre d'amour immortel : telle est la science suprême et telle est la leçon dernière de l'éducateur chrétien.

Sur terre, à l'heure présente, l'éducation humaine

étend son réseau avec une méthode, une ampleur, des moyens d'expression et de diffusion inouïs : que de bibliothèques, que de revues, que d'écoles, que d'universités, que de laboratoires, — que d'élèves !... Au milieu de ce glorieux ensemble, proportionné à l'âge nouveau du monde auquel nous accédons, il est remarquable de constater que, hors le christianisme, aucune institution ne semble capable de donner à l'immense corps des choses enseignées une âme véritable. Parce qu'il lui est réservé en fait de pouvoir présenter à l'effort et aux enrichissements humains des espérances et un terme absolus, le maître chrétien est le seul en mesure d'exécuter, aussi bien dans la conscience qu'il y met que dans la conscience qu'il y transmet, le geste éducateur total[1].

Les croyants en l'existence d'un progrès humain restent scandalisés et déconcertés par le réveil des races. Ce sursaut de violences égoïstes condamne, pensent-ils, leurs plus chères espérances. Mais ne pourrait-on pas soutenir au contraire qu'il justifie celles-ci dans la mesure où il satisfait une condition préalable, nécessaire à leur réalisation ? (...) Il faut des nations pleinement conscientes, pour une terre totale.

Suivi à partir de ses racines les plus biologiques, le problème des races, de leur apparition, de leur réveil, de leur avenir, nous conduit ainsi au point de reconnaître que le seul climat où l'homme puisse continuer à grandir

1. *L'Avenir de l'Homme* (Le Seuil), *Hérédité sociale et Progrès*, 1938, p. 50, 51, 52.

eſt celui du dévouement et du renoncement dans un sentiment de fraternité. En vérité, à la vitesse où sa conscience et ses ambitions augmentent, le monde fera explosion s'il n'apprend à aimer. L'avenir de la terre pensante eſt organiquement lié au retournement des forces de haine en forces de charité.

Or, quelle eſt, en vertu même de l'hypothèse qui nous guide, la seule puissance capable d'opérer ce retournement ? A quelle source, en fin de compte, les rameaux, aussi bien que les individus humains, puiseront-ils le goût de s'accepter et de s'entraîner l'un l'autre vers l'unité dans la joie ? A celle (il n'y en a pas d'autre concevable) d'un attrait grandissant pour le centre de *conscience* en lequel leurs fibres et leur faisceau doivent s'achever en se réunissant. A l'étudier dans sa physiologie la plus profonde, celle de sa liberté, l'humanité semble positivement parvenue au ſtade de son évolution où elle ne peut plus d'aucun point de vue faire face aux problèmes que lui posent les accroissements de son énergie intérieure sans se définir un foyer d'amour et d'adoration.

De même que l'homme (j'ai eu l'occasion de m'en expliquer ailleurs) perdra le courage de conſtruire et de chercher plus loin, de même il n'aura pas la force de vaincre les répulsions internes qui le séparent des joies de l'union, — à moins qu'il ne prenne enfin conscience de converger, avec l'Univers, non seulement en Quelque Chose, mais en Quelqu'un [1].

1. *La Vision du passé* (Le Seuil), *Les unités humaines naturelles*, 5 juillet 1939, p. 300-301.

Le grand problème de l'heure (en mystique et en religion, aussi bien qu'en morale, en histoire, en biologie, en physique, en métaphysique et en sociologie...) est d'instaurer une nouvelle conception de l'Esprit, non plus en opposition, mais en transformation et en sublimation de la Matière.

La règle qui me dirige est la suivante : pas d'erreur substantielle à craindre si mon attitude intérieure a pour résultat de me rendre plus fidèle, plus attentif, plus passionnément intéressé aux hommes et à la tâche humaine, — moins préoccupé, en même temps, de moi-même égoïstement. En transposant cette règle un peu plus haut, il me semble que vous ne risquez rien tant que l'esprit qui vous porte vous rendra plus vivante humainement (au beau sens du mot), et en même temps plus attachée à ce qui fait l'essence du Christ : sa personnalité physiquement réelle, sa divinité, sa manifestation dans et par l'Église.

Ce qui rend la « haute mystique » dangereuse, ce sont les écarts qui lui font perdre de vue la Matière, — c'est-à-dire d'une part les conditions physiques du Monde qui monte avec nous, — et d'autre part les conditions physiques (marquées dans l'Église) de l'Incarnation qui nous soulève. Une vraie Mystique « de la Matière » exige que nous soyons « ultra »-humains et « ultra »-chrétiens; elle nous force logiquement à être suprêmement réalistes, et suprêmement attachés aux conditions historiques et vitales du développement chrétien. — De ce double chef, elle porte en elle-même ses régulateurs, — pourvu que nous lui soyons fidèles jusqu'au bout [1].

1. A Jeanne Mortier, Berkeley (Californie), 28 juillet 1939.

Il faut encore insister sur deux choses : la première, c'est qu'il faut s'efforcer de donner, chacun dans son existence, le maximum de réalité, de « personnalité », au centre supérieur, ceci introduisant l'effort spécifique et laborieux de contemplation, tendant à faire saisir Dieu à « l'état pur », par delà tout tangible ; — la seconde, c'est que Dieu, finalement n'est attingible qu'au-delà de la possession du Monde, non point par une négation, mais par une sorte de *retournement* des choses visibles. C'est principalement la notion et le geste de ce retournement qui sont à découvrir, à la lumière du désir et de la prière. En somme, l'attitude fondamentale et libératrice de l'union au Christ-Universel est un acte excessivement simple, mais en même temps extrêmement riche, complexe et délicat. Il doit synthétiser tout l'acquis des mystiques anciennes dans une Mystique nouvelle. Aidons-nous à cette découverte, comme vous le dites, avec toujours plus de pureté, de fidélité et d'espoir. Je suis de plus en plus convaincu que le progrès de l'Univers va se concentrant toujours plus sur une explicitation et une formulation grandissantes de l'acte de charité.

Le monde est entré dans une crise de refonte, à laquelle il faut se consacrer tout entier, — pour que la refonte s'opère sous l'Esprit de Dieu, et aboutisse à un ordre nouveau, plus proche de l'unité [1].

Au terme de notre effort (saint et nécessaire) de convergence en et avec toutes choses, Dieu ne s'atteint

1. A Jeanne Mortier, Péking, P.U.M.C. (Anatomy), 7-8 décembre 1939.

finalement que dans un geste de retournement. La véritable « annihilation » *positive*, qui naît du paroxysme même de notre développement[1].

Est-ce que de tels moments ne sont pas nécessaires pour nous exercer à ce geste essentiel, non seulement de la mort, mais de la vie, qui consiste à se laisser reposer, comme en porte à faux, sur Celui qui nous tient et nous supporte en dehors de tout ce tangible auquel nous sentons un tel besoin de nous raccrocher ? C'est sans doute à force d'exercices de ce genre que nous pouvons arriver à sortir de la spéculation, et à donner à Dieu — ce qui fait les Saints — une véritable valeur de réalité[2].

Le rêve dont se nourrit obscurément la Recherche humaine, c'est, au fond, de parvenir à maîtriser, par-delà toutes affinités atomiques ou moléculaires, l'Énergie de fond dont toutes les autres énergies ne sont que les servantes : saisir, réunis tous ensemble, la barre du Monde, en mettant la main sur le Ressort même de l'Évolution.

A ceux qui ont le courage de s'avouer que leurs espérances vont jusque-là, je dirai qu'ils sont les plus hommes des hommes, — et qu'il y a moins de différence qu'on ne pense entre Recherche et Adoration. Mais qu'ils remarquent bien le point suivant, dont la considération va nous acheminer graduellement vers une forme plus complète de conquête et d'adoration. Si loin que la Science

1. A Jeanne Mortier, Peking, P.U.M.C. (Anatomy), 15 février 1940.
2. *Lettres de voyage* (Grasset), mai 1940, p. 257.

pousse sa découverte du Feu Essentiel, si capable devienne-t-elle un jour de remodeler et de parfaire l'élément humain, elle se retrouvera toujours, au bout du compte, face au même problème posé : comment donner à tous et à chacun de ces éléments leur valeur finale en les groupant dans l'unité d'un Tout Organisé [1] ?

Une Terre dont les « loisirs » toujours accrus et l'intérêt toujours plus en suspens trouveront leur issue vitale dans l'acte de tout approfondir, de tout essayer, de tout prolonger. Une Terre où les télescopes géants et les broyeurs d'atomes absorberont plus d'or et susciteront plus d'admiration spontanée que toutes les bombes et tous les canons. Une Terre où, non seulement pour l'armée groupée et subventionnée des chercheurs, mais pour l'homme de la rue, le problème du jour sera la conquête d'un secret et d'un pouvoir de plus arrachés aux corpuscules, aux astres ou à la matière organisée. Une Terre où, comme il arrive déjà, c'est pour savoir et être plutôt que pour avoir, qu'on donnera sa vie.

On peut prédire que si nous allons vers une ère humaine de la Science, cette ère sera éminemment une ère de la Science humaine : l'Homme connaissant s'apercevant enfin que l'Homme « objet de connaissance » est la clef de toute Science de la Nature.

Déchiffrer l'Homme, c'est essentiellement chercher à

1. *Le Phénomène humain* (Le Seuil), juin 1940, *L'Esprit de la terre*, p. 278.

savoir comment le Monde s'est fait, et comment il doit continuer à se faire.

A substance réfléchie, arrangements réfléchis. S'il y a un avenir à l'Humanité, cet avenir ne peut être imaginé que dans la direction de quelque conciliation harmonieuse du Libre avec le Plané et le Totalisé. Distribution des ressources du globe. Régulation de la Poussée vers les espaces libres. Usage optimum des puissances libérées par la Machine. Physiologie des nations et des races. Géo-économie, géo-politique, géo-démographie. L'organisation de la Recherche s'élargissant en une organisation raisonnée de la Terre.

Notre génération, et les deux précédentes n'ont guère entendu parler que de conflit entre Foi et Science. Au point qu'il a pu sembler un moment que ceci était décidément appelé à remplacer cela.

Or, à mesure que la tension se prolonge, c'est visiblement sous une forme toute différente d'équilibre, non pas élimination, ni dualité, mais synthèse, — que semble devoir se résoudre le conflit. Après bientôt deux siècles de luttes passionnées, ni la Science ni la Foi ne sont parvenues à se diminuer l'une l'autre; mais, bien au contraire, il devient manifeste que l'une sans l'autre elles ne pourraient se développer normalement : et ceci pour la simple raison qu'une même vie les anime toutes les deux. Ni dans son élan, en effet, ni dans ses constructions, la Science ne peut aller aux limites d'elle-même sans se colorer de mystique et se charger de Foi.

Renan et le XIXe siècle ne se trompaient donc pas en parlant d'une Religion de la Science. Leur erreur a été de ne pas voir que leur culte de l'Humanité impliquait la ré-intégration, sous une forme renouvelée, des forces spirituelles mêmes dont ils prétendaient se débarrasser.

Lorsque, dans l'Univers mouvant auquel nous venons de nous éveiller, nous regardons les séries temporelles et spatiales diverger et se dénouer autour de nous et vers l'arrière comme les nappes d'un cône, nous faisons peut-être de la science pure. Mais lorsque nous nous tournons du côté du sommet, vers la Totalité et l'Avenir, force nous est bien de faire aussi de la Religion.

Religion et Science : les deux faces ou phases conjuguées d'un même acte complet de connaissance, — le seul qui puisse embrasser, pour les contempler, les mesurer, et les achever, le Passé et le Futur de l'Évolution [1].

La véritable difficulté posée par l'Homme n'est pas de savoir s'il est le siège d'un Progrès continué : mais c'est bien plutôt de concevoir comment ce Progrès va pouvoir se poursuivre longtemps au train dont il va *sans que la Vie n'éclate sur elle-même* ou ne fasse *éclater la Terre* sur laquelle elle est née. Notre monde moderne s'est fait en moins de dix mille ans; et en deux cents ans il a changé plus vite qu'au cours de tous les millénaires précédents.

Quelles doivent être, pratiquement, nos dispositions par rapport à cette marche en avant ?

J'en vois deux, qui peuvent se résumer en cinq mots : *une grande espérance, en commun.*

1. *Le Phénomène humain* (Le Seuil), juin 1940, *La Terre finale*, p. 311, 313, 314, 315, 316, 317.

a) Une grande espérance, d'abord. Celle-ci doit naître spontanément dans toute âme généreuse en présence de l'œuvre attendue; et elle représente aussi *l'élan* essentiel sans lequel rien ne se fera. Un goût passionné de grandir, d'être, voilà ce qu'il nous faut. Arrière donc les pusillanimes et les sceptiques, les pessimistes et les tristes, les fatigués et les immobilistes! La Vie est perpétuelle découverte. La Vie est mouvement.

b) En commun, ajoutais-je. Sur ce point encore l'histoire de la Vie est décisive. Pour avancer, toutes les directions ne sont pas bonnes. Mais une seule fait monter, celle qui par plus d'organisation mène à plus de synthèse et d'unité. Arrière donc, ici encore, les purs individualistes, les égoïstes, qui pensent grandir en excluant ou en diminuant leurs frères — individuellement, nationalement, ou racialement. La Vie se meut vers l'unification. Notre espérance ne sera opérante que si elle s'exprime en plus de cohésion et plus de solidarité humaine.

Ce n'est pas d'un tête-à-tête, ni d'un corps-à-corps : c'est d'un cœur-à-cœur que nous avons besoin.

Dans ces conditions, plus je scrute la question fondamentale de l'avenir de la Terre, plus je crois apercevoir que le principe générateur de son unification n'est finalement à chercher, ni dans la seule contemplation d'une même Vérité, ni dans le seul désir suscité par *Quelque chose,* mais dans l'attrait commun exercé par un même *Quelqu'un.* D'une part, en effet, capable d'opérer dans sa plénitude la synthèse de l'Esprit (en quoi consiste la seule définition possible du Progrès), il ne reste au bout du compte, tout bien pesé, que la rencontre, *centre à centre,* des unités humaines, telle que peut la réaliser un amour mutuel commun. Et d'autre part, entre éléments humains, innombrables par nature, il n'y a qu'une manière possible de s'aimer : c'est de se savoir surcentrés tous ensemble sur un même « ultra-centre » commun, en qui ils ne puissent parvenir chacun à l'extrême d'eux-mêmes qu'en se réunissant.

« Aimez-vous les uns les autres, en reconnaissant au fond de chacun de vous le même Dieu naissant. » Cette parole, prononcée d'abord il y a deux mille ans, tend à se découvrir aujourd'hui comme la loi structurelle essentielle de ce que nous appelons Progrès et Évolution. Elle entre dans le domaine scientifique des énergies cosmiques et des lois nécessaires.

Aimer Dieu et le prochain n'est donc pas seulement un acte de vénération ou de miséricorde superposé à nos autres préoccupations individuelles. C'est la Vie elle-même, la Vie dans l'intégrité de ses aspirations, de ses luttes et de ses conquêtes, qu'il s'agit pour le Chrétien, s'il veut être chrétien, d'embrasser dans un esprit de rapprochement et d'unification personnalisante avec tout le reste.

Le sens de la Terre s'ouvrant et éclatant, vers le haut, en un sens de Dieu; et le sens de Dieu s'enracinant et se nourrissant vers le bas dans le sens de la Terre. Le Dieu transcendant personnel et l'Univers en évolution ne formant plus deux centres antagonistes d'attraction, mais entrant en conjonction hiérarchisée pour soulever la masse humaine dans une marée unique.

Non seulement, en effet, l'idée d'un éveil possible de nos consciences à quelque super-conscience s'affirme chaque jour comme scientifiquement mieux fondée en expérience, et comme psychologiquement plus nécessaire à l'entretien chez l'Homme du goût de l'action; mais encore, poussée logiquement au bout d'elle-même, cette même idée apparaît seule capable de préparer le grand événement que nous attendons : la découverte d'un geste synthétique d'adoration où s'allient et s'exaltent mutuellement un désir passionné de conquérir le Monde, et un désir passionné de nous unir à Dieu; *l'acte vital, spécifiquement nouveau, correspondant à un âge nouveau de la Terre* [1].

En somme, pour épouser la nouvelle courbure prise par le Temps, le Christianisme se voit amené à découvrir *au-dessous de Dieu* les valeurs du Monde, — cependant que l'Humanisme est conduit à découvrir *au-dessus du Monde* la place d'un Dieu. Deux mouvements inverses et complémentaires. Ou plutôt deux faces d'un même événement marquant peut-être pour l'Humanité les débuts d'une ère nouvelle [2].

Vous tous qui combattez, *et qui êtes encore trop séparés pour pouvoir dès maintenant vous reconnaître,* gardez chacun la foi en la Cause que vous croyez juste. Mais, au nom même de cette foi, agrandissez toujours plus vos idées et vos aspirations aux dimensions réelles de la Terre. Soyez de votre race et de votre nation, bien sûr. Une bonne synthèse n'exige-t-elle pas des éléments nets et forts ? Mais, si vous voulez parvenir au bout de vous-

1. *L'Avenir de l'Homme* (Le Seuil), *Réflexions sur le progrès,* 30 mars 1941, p. 95-96-97, 99-100, 106.
2. *Ibid.,* 13 février 1942, p. 125.

mêmes, méfiez-vous surtout de tout ce qui isole, et de tout ce qui rejette, et de tout ce qui sépare. Chacun dans votre ligne, pensez et agissez « universel », c'est-à-dire « total ». Et demain, peut-être, avec surprise, vous découvrirez que rien ne vous oppose, et que vous pouvez vous « aimer » [1].

L'Agneau de Dieu portant, avec les péchés, le poids des progrès du Monde.

L'idée de Pardon et de Sacrifice se muant, par enrichissement d'elle-même, en l'idée de consommation et de conquête.

Le *Christ-Rédempteur,* autrement dit, s'achevant, sans rien atténuer de sa face souffrante, dans la plénitude dynamique d'un *Christ-Évoluteur*.

Telle est la perspective qui, certainement, monte à notre horizon [2].

Sans dévier vers aucun naturalisme ou pélagianisme, le fidèle découvre qu'il peut et doit, autant et *plus* que l'incroyant, se passionner pour un Progrès de la Terre requis pour la consommation du Règne de Dieu. « Homo sum — Plus et ego [3]. » Et cependant la force ascensionnelle du détachement humain demeure *intacte*. La Croix domine

1. *L'Activation de l'Énergie* (Le Seuil), *Universalisation et Union*, 20 mars 1942, p. 101.
2. *Le Christ évoluteur,* (Cahier 5, Le Seuil), 8 octobre 1942, p. 26.
3. Inspiré par II Co. II, 22-23 : « Ils sont Hébreux ? Moi aussi. (...) Ministres du Christ ? (Je vais dire une folie!) Moi, plus qu'eux. »

toujours la Terre de son symbole d'annihilation, mais en consacrant et intégrant toutes les peines (constructives) de l'Effort humain.

Placer aujourd'hui Dieu en discordance du Progrès humain, c'est *miner* les raisons de croire chez les croyants, et c'est fermer l'accès de la Foi aux incroyants.

Il serait inutile et même faux de chercher dans les saints du passé ni approbation, ni condamnation explicites de l'attitude nouvelle ici suggérée, — puisque pour eux le problème du Progrès humain (tel que nous le voyons aujourd'hui) *ne se posait pas*[1].

La vie nous demande en ce moment de vivre, c'est-à-dire de penser et de sentir, à une échelle plus qu'individuelle. Je désire et prie de toutes mes forces que, dans les circonstances particulièrement déprimantes (physiquement et moralement) où vous êtes enfermés depuis trois ans, vous arriviez à garder, ou même à accroître, une vision nette et passionnée des choses sacrées. Ce qui fait la valeur et le bonheur de l'existence, c'est de passer dans un plus grand que soi[2].

Communier au devenir, dans la mesure où celui-ci exprime, à chaque instant, la totalité de l'action aimante de Dieu vers nous à travers l'Univers[3].

1. *Note sur la notion de perfection chrétienne* (inédit), 1942.
2. *Lettres de voyage* (Grasset), 25 novembre 1942, p. 277-278.
3. A Mme Claude Rivière, Peking, 14 décembre 1942.

Pour la première fois dans l'histoire, les hommes, devenus capables non seulement de connaître et de servir, mais d'*aimer l'Évolution,* commencent à pouvoir dire explicitement à Dieu, habituellement et sans effort, qu'ils l'aiment, non plus seulement de tout leur cœur, de toute leur âme, mais « de tout l'Univers » [1].

Pour être pleinement soi et vivant, l'Homme doit : se centrer sur soi; se décentrer sur « l'autre »; se surcentrer sur un plus grand que soi.

Non seulement physiquement, mais intellectuellement et moralement, l'homme n'est Homme qu'à condition de se cultiver. Et non pas seulement jusqu'à l'âge de vingt ans !... Pour être pleinement nous-mêmes, nous devons donc travailler toute notre vie durant à nous organiser, c'est-à-dire à porter toujours plus d'ordre, plus d'unité dans nos idées, nos sentiments, notre conduite. Tout le programme, ici, tout l'intérêt (mais aussi tout l'effort) de la vie intérieure, avec sa dérive inévitable vers des objets de plus en plus spirituels, de plus en plus élevés... Chacun de nous, au cours de cette première phase, nous avons à reprendre et à répéter, pour notre compte personnel, le labeur général de la Vie. Être, c'est d'abord se faire et se trouver.

Physiquement, biologiquement, l'Homme, comme tout ce qui existe dans la Nature, est essentiellement plural.

1. *Science et Christ* (Le Seuil), *Super-Humanité, Super-Christ, Super-Charité,* août 1943, p. 217.

Il correspond à un « phénomène de masse ». Ceci veut dire, en première approximation, que nous ne pouvons progresser jusqu'au bout de nous-mêmes sans sortir de nous-mêmes en nous unissant aux autres, de façon à développer par cette union un surcroît de conscience — conformément à la grande Loi de Complexité.

Or, une fois amorcé un petit nombre d'affections privilégiées, ce mouvement d'expansion ne s'arrête plus : mais il nous aspire insensiblement, de proche en proche, sur des cercles de rayon toujours plus grand. Voilà ce qui est particulièrement manifeste dans le Monde d'aujourd'hui.

Qu'est-ce à dire sinon que, la transformation poursuivant sa ligne naturelle, nous pouvons prévoir le moment où les hommes sauront ce que c'est, comme par un seul cœur, de désirer, d'espérer, d'aimer tous ensemble la même chose en même temps...

Ce que la Vie nous demande, en fin de compte, de faire pour être, c'est de nous incorporer et de nous subordonner à une Totalité organisée dont nous ne sommes, cosmiquement, que les parcelles conscientes. Un centre d'ordre supérieur nous attend, — déjà il apparaît — non plus seulement à côté, mais *au-delà* et *au-dessus* de nous-mêmes.

Non plus seulement se développer soi-même, donc, — ni même seulement se donner à un autre égal à soi — mais encore soumettre et ramener sa vie à un plus grand que soi.

Autrement dit, être d'abord. Aimer, ensuite. Et, finalement, adorer.

Telles sont les phases naturelles de notre personnalisation.

Trois degrés enchaînés, vous le voyez, dans le mouvement ascensionnel de la Vie; et par conséquent, aussi, trois degrés superposés de bonheur, — si le bonheur est bien, comme nous l'avons reconnu, indissolublement associé au geste de monter.

Bonheur de grandir, — bonheur d'aimer, — et bonheur d'adorer.

Pour être heureux, premièrement, il faut réagir contre la tendance au moindre effort qui nous porte, ou bien à rester sur place, ou bien à chercher de préférence dans l'agitation extérieure le renouvellement de nos vies. Dans les riches et tangibles réalités matérielles qui nous entourent il faut sans doute que nous poussions des racines profondes. Mais c'est dans le travail de notre perfection intérieure, — intellectuelle, artistique, morale —, que pour finir le bonheur nous attend. (...) *Centration.*

Pour être heureux, deuxièmement, il faut réagir contre l'égoïsme qui nous pousse, ou bien à nous fermer en nous-mêmes, ou bien à réduire les autres sous notre domination. Il y a une façon d'aimer, — mauvaise, stérile —, par laquelle nous cherchons à posséder, au lieu de nous donner. (...) *Décentration.*

Et pour être heureux, — tout à fait heureux, troisièmement — il nous faut, d'une manière ou de l'autre, directement ou à la faveur d'intermédiaires graduellement élargis (une recherche, une entreprise, une idée, une cause...) transporter l'intérêt final de nos existences dans la marche et le succès du Monde autour de nous. (...) *Surcentration.*

Sous l'effort persistant de la pensée chrétienne, l'énormité angoissante du Monde converge peu à peu vers le haut jusqu'à se transfigurer en un foyer d'énergie aimante !...

Comment ne pas voir, je vous le demande, que ces deux courants puissants, entre lesquels se divise présentement l'impact des énergies religieuses humaines, celui du Progrès humain, et celui de la grande charité, ne demandent qu'à se combiner et à se compléter ?

Joignons le corps à la tête, — la base au sommet : et, brusquement, c'est une plénitude qui jaillit.

En vérité, la solution complète au problème du bonheur, je la vois dans la direction d'un Humanisme chrétien, ou, si vous préférez, dans celle d'un Christianisme super-humain, au sein duquel chaque homme comprendra un jour qu'il lui est possible, à tout moment et en toute situation, non seulement de servir (ce qui n'est pas assez), mais de chérir en toutes choses (les plus douces et les plus belles, comme les plus austères et les plus banales) un Univers chargé d'amour dans son Évolution [1].

Acceptez ce qui est arrivé comme vous recevriez une hostie. Quand nous avons fait de notre mieux, « tout ce qui arrive est adorable ». C'est là le dernier mot de la sagesse humaine et de la sainteté [2].

1. *Réflexions sur le Bonheur* (Cahier 2, Le Seuil), 28 décembre 1943, p. 61, 61-62, 62, 63, 63-64, 67, 67-68, 69, 70.
2. A Mme Henry Cosme, Péking, 9 mai 1944.

Considérés dans leurs valeurs complémentaires, Évolutionnisme et Christianisme ne demandent qu'à se féconder l'un l'autre et à *se synthétiser*. — Séparés l'un de l'autre, les deux grands courants psychologiques qui se partagent aujourd'hui le Monde — je veux dire la passion de la Terre à construire et la passion du Ciel à atteindre — végètent et sont la source d'innombrables conflits au sein de chacun de nous. Quel sursaut d'énergie en revanche, si, le Christ venant prendre la place qui lui convient et qui lui revient (en vertu même de ses attributs les plus théologiques) en tête de l'Univers en mouvement, la conjonction arrivait à se produire entre la Mystique du Progrès humain, et la Mystique de la Charité !

En vérité, loin de contredire aux aspirations modernes vers l'avenir, la Foi chrétienne se présente au contraire comme la seule attitude où un esprit passionné pour la conquête du Monde puisse trouver la justification totale et plénière de sa conviction.

Dès lors que l'Homme est personnel, Dieu Personnel doit l'influencer c'est-à-dire à un degré et sous une forme personnels, — intellectuellement et sentimentalement; autrement dit, Il doit lui « parler ». Entre intelligences, une Présence ne saurait être muette.

Pour Dieu, s'incarner, dans un Monde en évolution, c'est y naître. Or comment y naître, sinon à partir d'un individu ?...

Supprimer l'historicité du Christ (c'est-à-dire la divinité du Christ historique) serait faire s'évanouir instantanément dans l'irréel toute l'énergie mystique accumulée depuis deux mille ans dans le phylum chrétien. Christ né de la Vierge et Christ ressuscité : les deux ne forment qu'un bloc inséparable.

Du point de vue réalistique qui caractérise partout le christianisme catholique, les sacrements ne sont pas seulement un rite symbolique. Ils opèrent biologiquement, dans le domaine de la vie d'union personnelle avec Dieu, ce qu'ils représentent. — Nulle part cette idée de la fonction organique du sacrement n'apparaît avec plus de relief que dans l'Eucharistie (Messe et Communion).

A lire les catéchismes, on pourrait s'imaginer que tous les sacrements sont également importants, et que l'Eucharistie n'est qu'un sacrement comme et entre les autres. En réalité, parmi les sacrements, l'Eucharistie se tient dans un ordre à part. Elle est le premier des sacrements; ou, plus exactement, elle est *le* sacrement unique auquel se réfèrent tous les autres. Et ceci pour la bonne raison que par elle passe directement *l'axe* de l'Incarnation, c'est-à-dire de la Création.

Qu'arrive-t-il, en effet, toujours au point de vue chrétien-catholique, lorsque nous communions ?

En premier lieu, et immédiatement, nous entrons personnellement en contact physiologique, à l'instant considéré, avec la puissance assimilatrice du Verbe incarné. Mais ce n'est pas tout.

En somme adhérer au Christ dans l'Eucharistie, c'est inévitablement et, *ipso facto,* nous incorporer, un peu plus chaque fois, à une Christogénèse, laquelle n'est elle-même (en ceci gît, nous l'avons vu, l'essentiel de la Foi chrétienne) que l'âme de l'universelle Cosmogénèse.

Pour le chrétien qui a compris cette économie profonde, et qui, en même temps, s'est pénétré du sentiment de l'unité organique de l'Univers, communier n'est donc pas un acte sporadique, localisé, parcellaire. En communiant à l'Hostie, un tel chrétien a conscience de toucher au cœur même de l'Évolution. Et, réciproquement, pour toucher au cœur de l'Hostie, il s'aperçoit qu'il lui est indispensable de communier, par acceptation et réalisation de sa vie totale, avec toute la surface et l'épaisseur, avec tout le corps du Monde en évolution[1].

La vraie joie est de se donner au plus grand que soi, sans se préoccuper trop de ce qu'on sent soi-même. Et vous savez dans quelle direction il faut regarder pour apercevoir cet « Unique Nécessaire »[2].

Rien ne résiste à l'affection et à la bonté, — surtout quand celle-ci est humblement cherchée à sa source divine.

Si on comprend que, ultimement, tout ce qui arrive est « contresigné », ou plus exactement adapté et animé par Dieu, on ne voit pas pourquoi on regimberait contre des nécessités qui justement nous mettent en contact avec l'Unique nécessaire[3]...

Pour la philosophie ancienne, « être » c'était surtout « connaître ». Pour la philosophie moderne, « être » devient synonyme de « croître » et « devenir »[4].

1. *Introduction à la Vie chrétienne* (inédit), 29 juin 1944.
2. A Mme Henry Cosme, Péking, 11 juillet 1944.
3. *Ibid.*, 8 août 1944.
4. *Science et Christ* (Le Seuil), *Action et Activation*, 9 août 1945, p. 221.

La Paternité pivine, ce message premier et fondamental de l'Évangile : serait-il injuste de dire que ce mystère a surtout été médité jusqu'ici par les chrétiens sur un plan encore « néolithique », c'est-à-dire sous sa face la plus juridique et la plus « familiale » ? le Père : celui qui gouverne, qui nourrit, qui pardonne, qui récompense... Pourquoi pas, davantage, celui qui vivifie et qui engendre ?

Prenons-y garde. Subrepticement les mots changent de valeur spirituelle à mesure que se modifie, à l'arrière-plan, la pensée qui les supporte. Le « pater-familias », le Roi, — ces symboles ont définitivement perdu, aujourd'hui, pour nous leur prestige. C'est quelque chose de plus pénétrant, de plus organique, de plus vaste, que notre âge veut désormais adorer, par-dessus toute valeur humaine. Sans voiler en rien la chaleur personnelle du Centre divin, montrez-le toujours plus rayonnant du flux fontal et pérenne de l'acte créateur. Faites-le briller à nos yeux au foyer trinitaire du Point Oméga. Et c'est alors seulement que nous saurons redire, d'un cœur pleinement séduit et convaincu : « Notre Père qui êtes aux Cieux ».

Non plus seulement adhérer vitalement à Dieu par quelque pointe centrale et privilégiée de notre être, — mais communier, « super-communier », avec Lui (sans fusion ni confusion : car l'amour différencie et personnalise ses termes en les unissant) par toute la hauteur, la largeur, les profondeurs et la multiplicité des puissances organiques de l'Espace et du Temps[1].

1. *Christianisme et Évolution* (inédit), 11 novembre 1945.

Par hasard, aujourd'hui est le jour de la Transfiguration, — le plus beau mystère peut-être de la foi chrétienne quand on sait ou essaie de le comprendre jusqu'au bout. Le divin transparaissant au fond à venir de toutes choses. Que cette lumière sereine et ultime vous apparaisse et vous console de tout [1].

Les grands attributs cosmiques du Christ, ceux qui (plus spécialement chez saint Paul et saint Jean) Lui confèrent un primat universel et final sur la Création, — ces attributs avaient bien pu s'accommoder d'une explication morale et juridique. Mais c'est seulement dans le cadre d'une Évolution qu'ils prennent leur plein relief : pourvu toutefois (condition vers laquelle tout justement incline la Science elle-même, dans la mesure où elle se décide à faire à l'Homme sa place dans la Nature), pourvu, dis-je, que cette Évolution soit de type à la fois spirituel et convergent. Sous cette réserve, rien de plus facile ni de plus tentant, que de chercher dans la Christogénèse révélée une explication dernière et un couronnement final à la Cosmogénèse des savants. Christianisme et Évolution : non pas deux visions inconciliables, mais deux perspectives faites pour s'emboîter et se compléter mutuellement. Au fond, cette alliance n'était-elle pas inscrite depuis longtemps dans les trouvailles instinctives du langage parlé ? « Création », « Incarnation », « Rédemption », ces mots mêmes, de par leur forme grammaticale, n'évoquent-ils pas l'idée d'un processus, plutôt que celle d'un geste local ou instantané ?

Et c'est ainsi que, par simple incorporation et assimilation des vues évolutives modernes par la pensée chrétienne, la barrière se trouve, à mon avis, supprimée

1. A Joseph des Clausais, Paris, 6 août 1946.

qui, depuis quatre siècles, n'avait pas cessé de monter entre Raison et Foi [1].

Historiquement, à partir de l'Homme-Jésus, un phylum de pensée religieuse est apparu dans la masse humaine, phylum dont la présence n'a pas cessé d'influer, de plus en plus largement et profondément, sur les développements de la Noosphère. Nulle part, en dehors de ce remarquable courant de conscience, l'idée de Dieu et le geste de l'adoration n'ont pris pareille clarté, pareille richesse, pareille cohérence et pareille souplesse. Et tout ceci soutenu, nourri, par la conviction de répondre à une inspiration, à une révélation venue d'en haut. A l'origine de ce « vortex » mystique, doué d'une si remarquable vitalité, ne conviendrait-il pas de reconnaître le flux créateur à son maximum d'intensité, — l'étincelle jaillissant entre Dieu et l'Univers *à travers un milieu personnel.* — La Parole, justement, que nous étions en droit d'attendre ?...

Option cruciale, en vérité, — et dont tout le reste dépend. De même, en effet, que, par refus de percevoir la valeur organique du fait social, nous nous enlèverions (au premier stade de cette dialectique) toute raison de croire à un prolongement ultra-humain de l'évolution, — de même ici, par refus de reconnaître le fait chrétien, nous verrions se refermer hermétiquement la voûte de l'Univers un instant entrouverte au-dessus de nos têtes.

Que nous fassions le pas, en revanche, c'est-à-dire que, conformément à une probabilité raisonnable, nous acceptions de voir dans la pensée vivante de l'Église le reflet, adapté à notre état évolutif, de la pensée divine, — alors

1. *Science et Christ* (Le Seuil), *Catholicisme et Science,* août 1946, p. 239-240.

le mouvement de notre esprit peut reprendre en avant. Et, remontant une troisième fois au sommet des choses, ce n'est plus seulement comme un centre de consistance que nous l'apercevons, ni seulement comme un premier Moteur psychique, ni même seulement comme un être qui parle, mais comme un Verbe qui s'incarne. Si l'Univers s'élève progressivement vers l'unité, ce n'est donc pas seulement sous l'effet de quelque force externe, mais c'est parce que le Transcendant s'y est fait partiellement Immanent. Voilà ce que nous apprend la Révélation[1].

Si la Recherche envahit de plus en plus l'activité humaine, ce n'est ni fantaisie, ni mode, ni hasard : mais c'est tout bonnement que l'Homme, devenant adulte, se trouve irrésistiblement conduit à prendre en charge l'évolution de la Vie sur Terre, et que la Recherche est l'expression même (à l'état réfléchi) de cet effort évolutif non seulement pour subsister, mais pour être plus, non seulement pour survivre, mais pour supervivre irréversiblement.

La Recherche est la forme sous laquelle se dissimule et opère le plus intensément, dans la Nature autour de nous, le pouvoir créateur de Dieu. A travers notre recherche, de l'être nouveau, un surcroît de conscience, émerge dans le Monde.

Pas de foi chrétienne réellement vive si celle-ci n'atteint et ne soulève pas, dans son mouvement ascensionnel, la totalité du dynamisme spirituel humain (la totalité de « l'anima naturaliter christiana[2] »). Et pas de foi en

1. *L'Activation de l'Énergie* (Le Seuil), *Esquisse d'une Dialectique de l'Esprit,* 25 novembre 1946, p. 154-155.
2. L'Ame humaine, chrétienne (en puissance) par nature.

l'Homme psychologiquement possible, non plus, si l'avenir évolutif du Monde ne rejoint pas, dans le transcendant, quelque foyer de personnalisation irréversible. En somme, impossible d'aller En Haut sans se mouvoir En Avant, — ni de progresser En Avant sans dériver vers l'En Haut. Sur ce point, dans l'espace d'une génération, la Pensée chrétienne, approfondissant, sous la pression de la Pensée profane, les notions de Participation et d'Incarnation, est presque arrivée à se mettre d'accord à l'heure qu'il est; ceci pour le plus grand soulagement à la fois des âmes croyantes et incroyantes, et certainement pour la plus grande gloire de Dieu.

Pour que se construise, autrement dit, entre Foi en Dieu et Foi en l'homme la résultante sous l'impulsion de laquelle, j'en suis persuadé, le Christianisme s'apprête à rebondir demain (juste comme et avec l'Évolution!), ce ne sont pas des traités et des livres, ce sont des exemplaires humains qu'il nous faut : des hommes, veux-je dire, qui, animés passionnément et *simultanément* des deux espèces de Foi, opèrent en eux-mêmes, *dans un même cœur*, la jonction des deux puissances mystiques, de façon à en présenter, autour d'eux, la synthèse *réalisée ;* des hommes d'autant plus convaincus de la valeur sacrée de l'Effort humain qu'ils s'intéressent premièrement à Dieu.

Le Règne du Christ, auquel nous nous sommes voués, ne saurait s'établir, dans la lutte ou dans la paix, que sur une Terre portée, *par toutes les voies de la Technique et de la Pensée,* à l'extrême de son humanisation [1].

1. *Science et Christ* (Le Seuil), *Sur la valeur religieuse de la recherche,* 20 août 1947, p. 259, 261-262, 263.

C'est par le jeu de notre raison et de notre bon sens que nous reconnaissons et rencontrons la volonté de Dieu (laquelle, finalement, est l'unique précieux et l'unique nécessaire)[1].

Prendre les choses calmement (puissé-je savoir le faire pour moi...) en vertu de ce principe chrétien que rien n'est vraiment précieux en ce monde que ce qui finalement arrive, après que nous avons fait honnêtement notre possible, suivant les cas, ou pour que la chose se produise, ou souvent pour qu'elle n'arrive pas[2].

Ce qui nous colle à terre ce sont la peur et les défenses qu'on nous fait de voler[3].

Le succès biologique final de l'Homme sur Terre est, non seulement une probabilité, mais une certitude : puisque le Christ (et en Lui, virtuellement, le Monde) est déjà ressuscité. Cette certitude toutefois, dérivée qu'elle est d'un acte de foi « surnaturel », est d'ordre supra-phénoménal; ce qui fait qu'en un sens elle laisse subsister dans le croyant, à leur niveau, toutes les anxiétés de la condition humaine[4].

1. A Mme Simone A. Beaulieu, 4, place Louis-XIV, St-Germain-en-Laye (S.-et-O.), 20 septembre 1947.
2. *Lettres de voyage* (Grasset), 29 décembre 1947, p. 290-291.
3. A l'Abbé A. Gâté, rue Monsieur, 1er janvier 1948.
4. *L'Avenir de l'Homme* (Le Seuil), *Les Directions et les Conditions de l'Avenir*, 30 juin 1948, p. 305.

Ce n'est pas sans stupeur et anxiété que nous assistons au clivage mystérieux qui, en ce moment même, d'Est en Ouest, tend à couper le monde en deux blocs antagonistes. Eh bien, de ce schisme (le plus grand qu'ait jamais connu l'Histoire) la véritable raison, bien plus profonde que tout conflit de puissance, n'est-elle pas à chercher dans les balbutiements contradictoires d'une foi humaine naissante, incapable encore de choisir, pour s'exprimer, entre des paroles et des gestes de totalisation ou de liberté ? et, si ce diagnostic est vrai, qu'attend la Terre angoissée, divisée sur soi, sinon le prophète qui lui interprétera le mystère de ce qu'elle veut et attend, *confusément ?*

Je le disais et je le répète : l'avenir du monde, tel que celui-ci nous apparaît, est lié à quelque unification sociale humaine, — dépendante elle-même, en fin de compte, du plein jeu dans nos cœurs de certains attraits vers le plus-être, — attraits sans lesquels toute science, toute technique, défaillent sur elles-mêmes. De plus en plus le Monde, notre monde terrestre, prend irrésistiblement sous nos yeux la forme d'un moteur gigantesque et gigantesquement compliqué, prêt pour toute opération et toute conquête, mais qui ne fonctionnera qu'à une condition : c'est que, pour mettre ses rouages en marche, nous trouvions et nous brûlions exactement l'espèce, la qualité d'essence qui lui convient. Autrement dit, si la Terre humaine hésite encore aujourd'hui dans son mouvement — s'il y a pour elle un risque de s'arrêter demain — c'est simplement par défaut d'une Vision suffisante, d'une Vision proportionnée à l'énormité et à la variété de l'effort à donner.

C'est à la recherche, à la préparation, au raffinement d'une Foi véritablement motrice du Monde que je vous convie. Ceci sans oublier de vous rappeler que nulle part les éléments, le germe, ou même la réalité initiale d'une telle Foi n'apparaissent mieux définis (en dehors de toute considération dogmatique, et au simple regard de la psychologie) que dans un Christianisme bien compris : le Christianisme, je dis bien, qui, plus vigoureusement et réalistiquement qu'aucun autre courant psychique en vue, ne cesse pas de s'obstiner — pratiquement seul au monde — à entretenir et à perfectionner en lui la vision brûlante d'un Univers, non pas impersonnel et clos, mais ouvert, au-delà de l'avenir, sur un Centre divin[1].

En face du phénomène évident et inéluctable de la « totalisation humaine », la seule attitude possible est d' « accepter », de se fier, et de se lancer courageusement en avant, — escomptant que la Vie, qui nous jette dans ce creuset, nous aidera à développer la chaleur spirituelle (les forces de sympathie et d'amour) qui nous fera sortir de la transformation, non pas mécanisés, mais humanisés et personnalisés[2] !

Je suis de plus en plus sûr que nous assistons aux premières manifestations d'une renaissance chrétienne destinée à envahir le monde aussi (plus ?) complètement que lors de la première expansion de l'Évangile il y a deux mille ans. « Foi au Christ » synthétisée avec « foi en

1. *L'Activation de l'Énergie* (Le Seuil), *Les Conditions psychologiques de l'Unification humaine*, 6 janvier 1949, p. 184-185.
2. A Mme Simone A. Beaulieu, 15, rue Monsieur, Paris VIIe, 7 mai 1949.

l'Homme »représente, je le sens, une énergie psychique irrésistible : un Feu plus fort que tous ceux qui brûlent en ce moment[1].

La vérité sur la grandeur du Christ, c'est d'être sans limite. Allez de tout cœur et de toute intelligence en avant, — mais ne vous séparez pas du tronc (du « phylum ») chrétien[2].

Dans la conversion du monde moderne, tout est une affaire de *vision,* — tout doit partir d'une « illumination interne », c'est-à-dire de la re-manifestation du Christ avec ses attributs « cosmiques ». Si la vision est là, le *don* suivra presque infailliblement. Si les hommes en ce moment, ne se *donnent* pas, c'est qu'ils ne sont pas *pris* par le fond de leur intelligence et de leur cœur[3].

Les uns disent : « Attendons patiemment que le Christ revienne. » — Les autres : « Achevons plutôt de construire la Terre. » — Et les troisièmes pensent : « Pour hâter la Parousie, achevons de faire l'Homme sur Terre. »

Par habitude, nous continuons à penser et à nous représenter la Parousie (par quoi doit se consommer le Règne de Dieu sur Terre) comme un événement de nature

1. A Mme Simone A. Beaulieu, Paris, 7 août 1949.
2. A Pierre Leiris, Les Moulins par Neuville, Puy-de-Dôme, 18 août 1949.
3. A Jeanne Mortier, 2 septembse 1949.

purement catastrophique, c'est-à-dire susceptible de se produire sans relation précise avec aucun état déterminé de l'Humanité, à n'importe quel moment de l'Histoire. C'est un point de vue. Mais pourquoi, en pleine conformité avec les nouvelles vues scientifiques d'une Humanité en cours actuel d'Anthropogénèse [1], pourquoi ne pas admettre plutôt que l'étincelle parousiaque ne saurait jaillir, de nécessité physique et organique, qu'entre le Ciel et une Humanité biologiquement parvenue à un certain point critique évolutif de maturation collective [2] ?

Pour un observateur parfaitement clairvoyant, et qui regarderait depuis longtemps, de très haut, la Terre, notre planète apparaîtrait d'abord bleue de l'oxygène qui l'entoure; puis verte de la végétation qui la recouvre; puis lumineuse — toujours plus lumineuse — de la Pensée qui s'intensifie à sa surface; mais aussi sombre — toujours plus sombre — d'une souffrance qui croît en quantité et en acuité au même rythme que monte la Conscience, au cours des âges.

A chaque instant la souffrance totale de toute la Terre!... Si seulement nous pouvions, cette grandeur redoutable, la recueillir, la cuber, la peser, la nombrer, l'analyser, quelle masse astronomique! quelle somme effrayante! et depuis la torture physique jusqu'aux angoisses morales, quel spectre raffiné de nuances dou-

1. Et en parfaite analogie, ajoutons, avec le mystère du premier Noël qui n'a pu s'opérer (tout le monde est d'accord là-dessus) qu'entre le Ciel et une Terre *prête* socialement, politiquement et psychologiquement à recevoir Jésus. (Note de l'Auteur.)

2. *L'Avenir de l'Homme* (Le Seuil), *Le Cœur du problème*, 8 septembre 1949, p. 339, 347.

loureuses ! et si seulement, aussi, par le jeu d'une conductibilité soudain établie entre les corps et les âmes, toute la Peine se mêlait à toute la Joie du Monde, qui peut dire de quel côté se fixerait l'équilibre : du côté de la Peine, ou du côté de la Joie ?...

Oui, plus l'Homme devient homme, plus s'incruste et s'aggrave — dans sa chair, dans ses nerfs, dans son esprit — le problème du Mal : du Mal à comprendre et du Mal à subir.

Mais pour que, à cette dure loi de la Création, notre cœur se plie sans révolte, n'est-il pas psychologiquement nécessaire qu'au déchet douloureux de l'opération qui nous forme, nous découvrions par surcroît quelque valeur positive qui le rende définitivement acceptable, en le transfigurant ?

Sans doute. Et c'est ici qu'intervient, dans son rôle irremplaçable, l'étonnante révélation chrétienne d'une souffrance transformable (pourvu qu'elle soit *bien* acceptée) en expression d'amour et en principe d'union. La souffrance d'abord traitée en adversaire qu'il s'agit de défaire; la souffrance vigoureusement combattue jusqu'au bout; et cependant, en même temps, la souffrance rationnellement et cordialement reçue dans la mesure où, en nous arrachant à notre égoïsme et en compensant nos fautes, elle est capable de nous surcentrer sur Dieu.

Un surcroît d'Esprit naissant d'un défaut de Matière.

Oui, vraiment le miracle, constamment renouvelé depuis deux mille ans, d'une Christification possible de la Souffrance [1]...

1. *L'Activation de l'Énergie* (Le Seuil), *L'Energie spirituelle de la Souffrance,* 8 janvier 1950, p. 255, 256, 257.

Ce qui, dans un Monde devenu self-conscient et self-mouvant, est le plus vitalement nécessaire à la Terre pensante, c'est une Foi, — et une grande Foi, — et toujours plus de Foi.

Savoir que nous ne sommes pas emprisonnés.

Savoir qu'il y a une issue, et de l'air, et de la lumière, et de l'amour, quelque part, au-delà de toute Mort.

Le savoir, sans illusion ni fiction...

Voilà ce dont, sous peine de périr asphyxiés par l'étoffe même de notre être, nous avons absolument besoin.

Autour de nous, un certain pessimisme s'en va répétant que notre monde sombre dans l'athéisme. Ne faudrait-il pas plutôt dire que ce dont il souffre, c'est de *théisme insatisfait ?* — Les hommes, dites-vous, ne veulent plus de Dieu. Or êtes-vous bien sûr que ce qu'ils rejettent, ce n'est pas simplement l'image d'un Dieu trop petit pour alimenter en nous cet intérêt de survivre et de super-vivre à quoi se ramène, en fin de compte, le besoin d'adorer ?

Pour conserver et accroître sur Terre la « pression d'Évolution », il est vitalement important que, par arc-boutement des réflexions religieuses, un Dieu de plus en plus réel et attrayant se définisse pour notre regard au pôle supérieur de l'Hominisation. — Voici maintenant qu'une autre condition et une autre possibilité d'animation cosmique se découvrent. Et c'est que, soutenus et guidés par la tradition des grandes mystiques humaines, nous réussissions, par voie de contemplation et de prière, à entrer directement en communication réceptive avec la Source même de tout élan intérieur.

La tension vitale du Monde non plus seulement

maintenue par artifices physiologiques ou par découverte rationnelle d'un Objectif ou Idéal entraînant, — mais directement infusée au fond de notre être, sous sa forme supérieure directe et extrême : l'Amour, par effet de « Grâce » et de « Révélation ».

Goût de la Vie : nœud central et privilégié, en vérité, où, dans l'économie d'un Univers suprêmement organique, une liaison suprêmement intime se découvre entre Mystique, Recherche et Biologie [1].

Ce que l'Homme attend en ce moment, et ce qu'il mourrait de ne pas trouver dans les choses, c'est un *aliment complet* pour nourrir en lui la passion du plus-être, c'est-à-dire de l'Évolution.

Or, dans un Univers entraîné et animé par une Christogénèse, c'est cette passion même qui, grâce à un maximum de valeur conféré aux forces d'arrangement, et à un maximum de champ ouvert aux forces d'adoration, se trouve portée à un paroxysme d'elle-même.

Par rencontre dynamique dans la conscience humaine (après un million d'années de Réflexion !) du Ciel et de la Terre enfin mis en mouvement, non seulement un Monde qui parvient à survivre, mais un Monde qui prend feu [2].

1. *L'Activation de l'Énergie* (Le Seuil), *Le Goût de Vivre*, novembre 1950, p. 246, 248, 250, 251.
2. *Ibid.*, *Réflexions sur la Probabilité scientifique et les Conséquences religieuses d'un Ultra-Humain*, 25 mars 1951, p. 290, 291.

Bien que nous l'oubliions trop souvent, ce que nous appelons « l'Évolution » ne se développe qu'en vertu d'une certaine préférence interne pour la survie (ou, si l'on préfère, pour « se survivre »), laquelle, dans l'Homme, prend décidément allure psychique, sous forme de *goût de vivre*.

Issue vers quelque chose qui échappe à la mort totale, l'évolution est la main de Dieu qui nous ramène à lui [1].

Oui, j'espère que le Seigneur nous utilisera au maximum, vous et moi, pour la grande tâche de faire apparaître au monde d'aujourd'hui « le Christ d'aujourd'hui ». Je songeais encore ce matin à la différence profonde qui sépare les deux manières de comprendre « le Cœur » comme « la Croix » de Jésus. Ici un « Cœur » simplement souffrant et qu'il s'agit de « consoler ». Là un foyer d'énergie créatrice et motrice du Monde, — où il y a de la peine, bien sûr, — mais plus encore un Feu, le seul Feu capable de faire marcher l'Univers devenu réfléchi. On ne m'enlèvera pas de la tête (ni du cœur) la conviction que c'est ce « deuxième » Cœur du Christ qui, plus ou moins explicitement ou implicitement, a soulevé depuis deux siècles le mouvement dont l'Église, avec bon droit, est si fière et se félicite tant [2].

1. *Science et Christ* (Le Seuil), *La Biologie, poussée à fond, peut-elle nous conduire à émerger dans le transcendant ?*, mai 1951, p. 279-280.
2. A Jeanne Mortier, 14 East 71st Street, New York, 20 juin 1952.

Ce qu'il y a d'irremplaçable dans le Christianisme (énergétiquement et évolutivement parlant), c'est de rendre l'Univers aimable et aimant [1].

Déjà Noël tout proche, — et la nouvelle année! A mon âge, on voudrait pouvoir retenir le temps qui passe. Mais le temps n'est-il pas justement (par ce qu'il a de pénétrant, d'enveloppant et d'irrésistible) le milieu même de notre communion avec Dieu ?... Que ce nouveau Noël, en tout cas, nous rapproche et rapproche sur soi les hommes, dans un Christ toujours plus clairement perçu au centre de convergence du Monde [2]!

Il y a certainement des trésors de bonté (et d'attente) chez l'Homme : maintenant plus que jamais... Toute la question est de polariser (séduire) cette masse par un attrait suffisant. Et c'est là qu'une grave responsabilité incombe au « magistère ». On nous répète que le monde s'attiédit. Mais ne serait-ce pas l'image du Dieu de l'Évangile, que certains laissent se refroidir en leur théologie [3] ?

Il y aurait une belle chose à écrire sur « l'Évolution de la Mort », — et qui serait symétrique à un autre écrit

1. A Jeanne Mortier, 14 East 71st Street, New York 21, 18 septembre 1952.
2. *Ibid.*, 14 décembre 1952.
3. *Ibid.*, 26 décembre 1952.

sur « l'Évolution de l'Amour »... (deux façons d'envelopper le problème de « l'Évolution de la Vie »)[1].

La mort ne saurait nous isoler du Cosmos : elle doit au contraire nous y enfoncer davantage, en nous faisant prendre pied sur ce qui est « en avant », au lieu d'être supportés par ce qui est « en arrière » (c'est cela que j'appelle le renversement). En ce sens, *la corporéité demeure* mais *en dehors de la corpuscularité* (atomes, molécules, cellules, etc.) au sein de laquelle s'opère — comme en sa matrice) la Noogénèse[2].

En toutes circonstances avancer toujours dans la direction montante, où techniquement, mentalement et affectivement, toutes choses (en nous et autour de nous) le *plus rapidement convergent*.

Règle infaillible, en vérité, puisque, en vertu d'une courbure inhérente à l'Univers lui-même, nous ne pouvons la suivre sans nous rapprocher (fût-ce en pleines ténèbres) de quelque pôle suprême et salvifique de superconscience[3]...

1. A Claude Cuénot, Wenner-Grenn Foundation, New York, 30 novembre 1952.
2. *Ibid.*, 2 janvier 1953.
3. *L'Apparition de l'homme* (Le Seuil), *Les Singularités de l'espèce humaine*, 25 mars 1954, p. 332.

Forcés comme nous le sommes hors du Cosmos statique aristotélicien, et introduits (par le système entier de la Physico-chimico-biologie moderne) dans un Univers en état de *Cosmogénèse,* nous devons désormais repenser toute notre christologie en terme de Christogénèse (en même temps que toute notre Anthropologie en termes d'Anthropogénèse). Et une telle opération n'est pas affaire de simples retouches locales. Par suite d'une dimension de plus, c'est *tout* qui est à refondre (comme lorsqu'en géométrie on passe du cercle à la sphère). — Effort magnifique, dont je puis vous le garantir, le Christ émerge véritablement triomphant et sauveur de « l'anthropogénèse [1]. »

Pour opérer *par convergence* (seule méthode psychologiquement et biologiquement possible) le retour vers elle des branches chrétiennes séparées, la bonne méthode pour Rome, serait, non pas d'affirmer sa primauté et son autorité, mais simplement de présenter au monde, tout justement, le « Christ-Universel » qu'elle a réussi (elle et elle seule) à engendrer (« expliciter ») au cours des deux derniers millénaires. En vérité je crois que sur ce « nouveau » Christ, si Rome avait le sens de la révolution mystique qui est en train de s'opérer chez les fidèles, tout ce qui a divergé depuis les origines reconnaîtrait ce qui lui manque et se rejoindrait. Œcuménisme, je dis bien, non pas de diffusion, ni de régression, mais de progression en milieu convergent [2].

1. Au R.P. Thomas Fleming, The Wenner-Grenn Foundation, 14 East 71st street, New York 21 (N.Y.), 28 avril 1954.
2. A Jeanne Mortier, New York, 22 septembre 1954.

Oui, bon Avent! — Toute l'activité de la Terre (« de la Noosphère ») devenant *une marche à la rencontre* de la Parousie. — Pourquoi pas [1] ?...

Il n'est pas question (j'aurai passé ma vie à le crier) d'atténuer l'esprit chrétien (et ignatien) mais de le renforcer jusqu'à la plus haute expression de lui-même.

« Le Fondement », « le Règne », « les Deux étendards » [2]... : parce que ces Méditations essentielles ont été conçues en un temps où l'Homme était encore regardé comme placé, tout fait, dans un Univers statique, elles ne tiennent pas compte (sous leur forme actuelle) de l'attrait légitimement exercé désormais sur nous par l'En-Avant. Elles ne donnent pas toute leur valeur sanctifiante et communiante aux progrès de l'Hominisation. Et par suite elles n'apportent pas au Chercheur (ni à l'Ouvrier) modernes ce que l'un et l'autre attendent surtout de leur Foi : à savoir (comme le disait un jociste) le droit de se dire qu'ils contactent et consomment directement le Christ Total *en travaillant*.

Aussi bien que la Christologie dogmatique, en vérité, c'est la notion même de perfection chrétienne, qui demande à être reprise et ré-approfondie (dans son sens) dès lors qu'on la transpose en un Univers nouveau (celui précisément des laboratoires et de l'usine) où la « créature » n'est

1. A Jeanne Mortier, New York, 15 décembre 1954.
2. Méditations des *Exercices* de saint Ignace.

plus seulement un « instrument à utiliser » mais bien un « co-élément à intégrer » par l'Humanité en genèse, — et où la vieille opposition Terre-Ciel disparaît (ou se corrige) dans la formule nouvelle : « Au ciel par l'achèvement de la Terre.[1] »

1. *Science et Christ* (Le Seuil), *Recherche, Travail et Adoration*, mars 1955, p. 286, 288-289.

Du même auteur

AUX MÊMES EDITIONS

Œuvres complètes

T. I. Le Phénomène humain, *1955*
et « Points Sagesses », n° 222, 2007

T. II. L'Apparition de l'Homme, *1956*

T. III. La Vision du passé, *1957*

T. IV. Le Milieu Divin, *1957*
et « Points Sagesses », n° 58, 1993

T. V. L'Avenir de l'Homme, *1959*
et « Points Sagesses », n° 160, 2001

T. VI. L'Énergie humaine, *1962*
« Points Sagesses », n° 176, 2002

T. VII. L'Activation de l'Énergie scriptive, *1963*

T. VIII. La Place de l'Homme dans la nature, *1963*

T. IX. Science et Christ, *1965*
et « Points Sagesses », n° 148, 1999

T. X. Comment je crois, *1969*
et « Points Sagesses », n° 140, 1998

T. XI. Les Directions de l'avenir, *1973*

T. XII. Écrits du temps de la guerre, *1976*

T. XIII. Le Cœur de la matière, *1976*

Sur le bonheur, *1966*

Sur l'amour, *1967*

Sur le bonheur, sur l'amour
« Points Sagesses », n° 128, 1995

Le Prêtre, *1968*

Sur la souffrance, *1974*
et « Livre de vie », n° 142, 1995

Lettres à Jeanne Mortier, *1984*

Hymne de l'Univers
« Points Sagesses », n° 57, 1993

Notes de retraite (1919-1954), *2003*

Je m'explique, *2005*

IMPRESSION : NORMANDIE ROTO IMPRESSION S.A.S. À LONRAI
DÉPÔT LÉGAL : SEPTEMBRE 1995. N° 25815-3 (080454)
IMPRIMÉ EN FRANCE